dtv

Cartagena in der zweiten Hälfte des 18. Jahrhunderts. Das einstige Zentrum des Sklavenhandels in der Neuen Welt hat seine Blütezeit lange hinter sich. In seinem zerfallenen Palast verbringt der alternde Marqués de Casalduero seine Tage in der Hängematte, seine Frau widmet sich derweil erotischen Abenteuern. Um die gemeinsame Tochter, Sierva María de Todos los Ángeles, kümmern sie sich nicht weiter. Bis sie an ihrem zwölften Geburtstag von einem möglicherweise tollwütigen Hund gebissen wird. Von nun an ändert sich Siervas Leben entscheidend ... »Ein Juwel von berauschender Leichtigkeit, schlank und intensiv, nie angestrengt oder geschwätzig, voll der punktgenau plazierten Farben und Töne, unstrittig eine wunderbare Meisterschaft bestätigend.« (Martin Oehlen im ›Kölner Stadt-Anzeiger‹)

Gabriel García Márquez, geboren am 6. März 1927 in Aracataca (Kolumbien), arbeitete nach dem Jurastudium zunächst als Journalist. Er schrieb Filmdrehbücher, dann Erzählungen, Romane und Reportagen. 1982 erhielt er den Nobelpreis für Literatur.

Gabriel García Márquez

Von der Liebe
und anderen Dämonen

Roman

Aus dem kolumbianischen Spanisch
von Dagmar Ploetz

Deutscher Taschenbuch Verlag

Ungekürzte Ausgabe
Oktober 2001
Deutscher Taschenbuch Verlag GmbH & Co. KG,
München
www.dtv.de
© 1994 Gabriel García Márquez
Titel der spanischen Originalausgabe:
›Del amor y otros demonios‹
© 1994 der deutschsprachigen Ausgabe:
Verlag Kiepenheuer & Witsch, Köln
Umschlagkonzept: Balk & Brumshagen
Umschlaggestaltung unter Verwendung eines Gemäldes
von Henri Rousseau
Gesetzt aus der Garamond 11/13·
Gesamtherstellung: Druckerei C. H. Beck, Nördlingen
Gedruckt auf säurefreiem, chlorfrei gebleichtem Papier
Printed in Germany · ISBN 3-423-08566-5

Für eine in Tränen aufgelöste Carmen Balcells

Es scheint, daß die Haare weit weniger
als die anderen Glieder des Körpers auferstehen

Thomas von Aquin
Von der Unversehrtheit der auferstandenen Leiber
(80. Frage, 5. Artikel)

Der 26. Oktober 1949 war kein Tag großer Nachrichten. Der Maestro Clemente Manuel Zabala, Chefredakteur der Zeitung, bei der ich meine ersten Schreibversuche als Reporter machte, beendete die morgendliche Konferenz mit zwei oder drei routinemäßigen Vorschlägen. Er übertrug keinem der Redakteure eine konkrete Aufgabe. Minuten später erfuhr er am Telefon, daß gerade die Grabkammern des ehemaligen Klosters von Santa Clara ausgeräumt wurden, und er gab mir ohne große Erwartungen den Auftrag:

»Geh da doch mal vorbei und schau, was dir dazu einfällt.«

Das historische Kloster der Klarissinnen, seit einem Jahrhundert als Hospital genutzt, sollte verkauft werden, um an seiner Stelle ein Fünf-Sterne-Hotel zu errichten. Die kostbare Kapelle stand fast ungeschützt da, weil nach und nach das Ziegeldach eingebrochen war, in den Krypten jedoch lagen immer noch drei Generationen von Bischöfen und Äbtissinnen und anderen vornehmen Leuten begraben. Der erste Schritt war, die Grabkammern zu leeren, die sterblichen Reste denen, die darauf Anspruch erhoben, auszuhändigen, um sodann das übrige in einem Gemeinschaftsgrab zu bestatten.

Mich überraschte das primitive Vorgehen. Die Arbeiter öffneten die Gräber mit Hacke und Mei-

ßel, hoben die vermoderten Särge heraus, die, sobald man sie bewegte, auseinanderfielen, und trennten die Knochen von der staubigen Masse aus Kleidern und welken Haaren. Je vornehmer der Tote, desto härter war die Arbeit, denn man mußte in den Überbleibseln der Körper graben und sie sehr fein durchkämmen, um Edelsteine und Goldschmuck zu bergen.

Der Maurermeister trug die Daten des jeweiligen Grabsteins in ein Schulheft ein, ordnete die Knochen zu einzelnen Haufen und legte auf jeden ein Blatt mit dem Namen, damit man sie nicht verwechselte. So bot sich mir bei Betreten der Kirche als erstes der Anblick einer langen Reihe von Knochenhäufchen, wiedererwärmt von der barbarischen Oktobersonne, die durch die Löcher im Dach hereinstürzte, und bar jeder Identität außer des mit Bleistift auf ein Stück Papier geschriebenen Namens. Fast ein halbes Jahrhundert später spüre ich noch den Schock, den dies schauerliche Zeugnis von dem verheerenden Gang der Zeit in mir auslöste.

Dort lagen, unter vielen anderen, ein Vizekönig von Peru und seine heimliche Geliebte; Don Toribio de Cáceres y Virtudes, Bischof dieser Diözese; mehrere Äbtissinnen, darunter Mutter Josefa Miranda, und der Bakkalaureus der Künste Don Cristóbal de Eraso, der sein halbes Leben der Gestaltung der Kassettendecken gewidmet hatte. Es gab eine Gruft, die mit dem Grabstein des zweiten Marqués von Casalduero, Don Ygnacio de Alfaro y Dueñas, verschlossen war, aber als man sie öffnete, stellte sich heraus, daß sie leer und nie benutzt war. Die Überreste seiner Marquesa hingegen, Doña Olalla de Mendoza, lagen mit eigenem Grabstein in der Nachbargruft. Der Maurermeister maß dem keine Bedeutung zu: Es war nicht ungewöhnlich, daß ein adliger Kreole sich das eigene Grab hatte anlegen lassen und dann in einem anderen begraben worden war.

In der dritten Nische des Hauptaltars, auf der Seite des Evangeliars, lag die Nachricht. Der Grabstein sprang beim ersten Schlag mit der Hacke in Stücke, und aus der Öffnung ergoß sich, leuchtend kupferfarben, eine lebendige Haarflut. Der Maurermeister wollte sie mit Hilfe seiner Arbeiter unbeschädigt bergen, und je mehr sie zogen, desto länger und fülliger erwies sie sich, bis die letzten Haare, die noch an einem Kinderschädel hafteten, herauskamen. In der Nische blieben nur ein paar kleine und verstreute Knöchelchen zurück, und auf dem eingemauerten, vom Salpeter zerfressenen Gedenkstein war nur ein Name ohne Nachnamen lesbar: Sierva María de Todos los Ángeles. Auf dem Boden ausgebreitet maß die herrliche Haarmähne zweiundzwanzig Meter und elf Zentimeter.

Der Maurermeister erklärte mir unbeeindruckt, daß menschliches Haar einen Zentimeter im Monat wächst, auch noch nach dem Tod, und zweiundzwanzig Meter erschienen ihm ein guter Schnitt für zweihundert Jahre. Mir hingegen erschien das nicht so gewöhnlich, denn meine Großmutter hatte mir als Kind die Legende von einer zwölfjährigen Marquesita erzählt, die ihre Haarmähne wie eine bräutliche Schleppe hinter sich hergezogen hatte, an der Tollwut gestorben war und in den Dörfern der

Karibik wegen ihrer vielen Wunder verehrt wurde. Die Idee, daß dieses Grab das ihre sein könnte, war an jenem Tag für mich die Nachricht und der Ursprung dieses Buches.

Gabriel García Márquez
Cartagena de Indias, 1994

EINS

Ein aschfarbener Hund mit einem weißen Mal auf der Stirn brach am ersten Sonntag im Dezember durch die unwegsamen Gänge des Marktes, stieß Tische mit Frittiertem um, brachte Auslagen der Indios und Lotterieständen durcheinander und biß nebenbei vier Personen, die ihm in die Quere kamen. Drei davon waren schwarze Sklaven. Die andere war Sierva María de Todos los Ángeles, einzige Tochter des Marqués von Casalduero, die mit einer Mulattenmagd gekommen war, um eine Schellenkette für die Feier ihres zwölften Geburtstags zu kaufen.

Sie hatten Anweisung, nicht weiter als bis zum Portal de los Mercaderes zu gehen, aber die Magd hatte sich bis zur Hebebrücke im Viertel Getsemaní vorgewagt, angezogen von dem Trubel am Sklavenhafen, wo gerade eine Ladung Neger aus Guinea versteigert wurde. Das Schiff der Compañía Gaditana de Negros war schon seit einer Woche mit Besorgnis erwartet worden, da es an Bord eine unerklärliche Sterbewelle gegeben hatte. Um diese zu vertuschen, waren die Leichen ins Wasser geworfen worden, aber ohne Ballast. Die Flut spülte sie hoch und an den Strand, wo sie eines Morgens aufgebläht und entstellt und mit einer seltsam blauroten Färbung lagen. Das Schiff ankerte außerhalb der Bucht, da man den Ausbruch irgendeiner afrikanischen Pest befürchtete, bis festgestellt wurde, daß es sich um eine Vergiftung mit verdorbenem Fleisch gehandelt hatte.

Zu der Stunde, als der Hund über den Markt lief, war die überlebende Fracht bereits wegen ihres miserablen Gesundheitszustands unter Wert versteigert worden, und man versuchte gerade, durch ein einziges Stück, das alle aufwog, die Verluste wettzumachen. Es war eine abessinische Gefangene, sieben Spannen groß, eingerieben mit Zuckerrohrmelasse statt mit dem handelsüblichen Öl, und von verwirrender, schier unglaublicher Schönheit. Sie hatte eine schmale Nase, einen länglichen Schädel, schrägstehende Augen, makellose Zähne und das vielversprechende Auftreten eines römischen Gladiators. Sie wurde weder im Schuppen gebrandmarkt, noch rief man ihr Alter oder ihren Gesundheitszustand aus, sondern bot sie nur um ihrer Schönheit willen zum Kauf an. Der Preis, den der Gouverneur ohne Feilschen und in bar für sie zahlte, war ihr Gewicht in Gold.

Es geschah alle Tage, daß herrenlose Hunde, die den Katzen nachjagten oder mit den Hühnergeiern auf der Straße um Aas kämpften, jemanden bissen, erst recht in Zeiten des Überflusses und der Menschenmengen, wenn die Galeonenflotte auf der Fahrt zum Markt von Portobelo Station machte. Vier oder fünf Gebissene an ein und demselben Tag brachten niemanden um den Schlaf, erst recht nicht mit einer Wunde wie der von Sierva María, die kaum am linken Knöchel zu sehen war. Die Dienstbotin war also nicht beunruhigt. Sie behandelte das Mädchen selbst mit Zitrone und Schwefel und wusch den Blutfleck aus dem Volant, und keiner dachte noch an irgend etwas anderes als an das Freudenfest ihres zwölften Geburtstags.

Bernarda Cabrera, die Mutter des Mädchens und Gattin ohne Titel des Marqués von Casalduero, hatte am frühen Morgen ein dramatisches Abführmittel eingenommen: sieben Körner Antimon in einem Glas mit rosa Zucker. Sie war eine stolze Mestizin aus der sogenannten Ladentisch-Aristrokratie gewesen, verführerisch, raubgierig, lebenslustig, und ihr hungriger Schoß hätte eine Kaserne befriedigen können. Innerhalb von wenigen Jahren war sie jedoch durch den übermäßigen Genuß von gegorenem Honig und Kakaotabletten aus der Welt verschwunden. Ihre Zigeuneraugen waren erloschen, ihr Scharfsinn verließ sie, sie schiß Blut und brach Galle, und ihr ehemals sirenenhafter Leib war aufgebläht und kupferfarben wie der eines Dreitagetoten und gab explosionsartig übelriechende Winde von sich, die den Wachhunden Angst einjagten. Sie verließ kaum das Zimmer, und selbst dann lief sie splitternackt herum oder in einem längsgestreiften Oberrock ohne etwas darunter, der sie nackter erscheinen ließ als ohne etwas an.

Sie hatte siebenmal Stuhlgang gehabt, als die Magd, die Sierva María begleitet hatte, zurückkam und ihr nicht von dem Hundebiß berichtete. Statt dessen erzählte sie von dem Aufruhr am Hafen wegen des Verkaufs der Sklavin. »Wenn sie so schön ist, wie ihr sagt, kommt sie vielleicht aus Abessinien«, sagte Bernarda. Aber selbst wenn es die Königin von Saba gewesen wäre, es schien ihr unmöglich, daß jemand sie für ihr Gewicht in Gold gekauft haben sollte.

»Ihr meint wohl in Goldpesos«, sagte sie.

»Nein«, wurde sie aufgeklärt, »so viel Gold, wie die Negerin wiegt«.

»Eine sieben Spannen große Sklavin wiegt nicht unter hundertzwanzig Pfund«, sagte Bernarda. »Und es gibt keine Frau, ob schwarz oder weiß, die hundertzwanzig Pfund Gold wert ist, es sei denn, sie scheißt Diamanten.«

Beim Handel mit Sklaven war niemand gerissener gewesen als sie, und sie wußte, wenn der Gouverneur die Abessinierin gekauft hatte, dann nicht für etwas so Sublimes wie den Dienst in seiner Küche. Das beschäftigte sie, als sie die ersten Schalmeien und die Knallfrösche des Festes hörte und gleich darauf den Aufruhr der eingesperrten Wachhunde. Sie ging in den Orangengarten hinaus, um zu sehen, was los war.

Don Yngacio de Alfaro y Dueñas, zweiter Marqués von Casalduero und Herr von Darién, der im Garten zwischen Orangenbäumen in seiner Hängematte Siesta hielt, hatte die Musik ebenfalls gehört. Er war ein düsterer Mann von abweisendem Äußeren und von einer lilienhaften Blässe durch den Blutverlust, den ihm die Fledermäuse im Schlaf beibrachten. Er trug im Haus den Kapuzenmantel eines Beduinen und eine Zipfelmütze aus Toledo, die ihn noch schutzloser wirken ließ. Als er seine Frau sah, so wie Gott sie geschaffen hatte, kam er ihr mit seiner Frage zuvor:

»Was ist das für Musik?«

»Ich weiß nicht«, sagte sie. »Was ist heute für ein Tag?«

Der Marqués wußte es nicht. Er mußte wirklich sehr beunruhigt sein, da er seine Frau gefragt, und sie mußte sich sehr von ihrer Galle erleichtert haben, da sie ihm ohne Sarkasmus geantwortet hatte. Er hatte sich verwundert in der Hängematte aufgesetzt, als wieder Knallkörper explodierten.

»Gott im Himmel«, rief er aus. »Was ist heute los!«

Das Haus grenzte an die Irrenanstalt für Frauen, La Divina Pastora. Aufgestört von der Musik und den Feuerwerkskörpern waren die Insassinnen auf die zum Orangengarten blickende Terrasse gekommen und feierten jede Explosion mit Ovationen. Der Marqués rief hinüber, wo das Fest sei, und sie erlösten ihn aus seiner Ungewißheit. Es war der 7. Dezember, der Tag des heiligen Bischofs Ambrosius, und die Musik und das Pulver donnerten zu Ehren von Sierva María auf dem Patio der Sklaven. Der Marqués schlug sich an die Stirn.

»Natürlich«, sagte er. »Wie alt wird sie?«

»Zwölf«, sagte Bernarda.

»Erst zwölf?« sagte er, wieder in der Hängematte liegend. »Was für ein langsames Leben!«

Das Haus war bis zum Anfang des Jahrhunderts der Stolz der Stadt gewesen. Jetzt war es heruntergekommen und düster und sah wegen der Leere hie und da und der Dinge, die irgendwo herumstanden, nach Umzug aus. In den Salons überdauerten noch die Marmorböden im Schachbrettmuster und einige Lüster mit Spinnwebgehängen. Die noch bewohnten Zimmer waren wegen des dicken Mauerwerks und der vielen Jahre der Abgeschlossenheit bei jedem Wetter kühl, und erst recht, wenn die Dezemberbrisen pfeifend durch die Ritzen drangen. Alles war vom beklemmenden Moder der Vernachlässigung und der Finsternis durchsetzt. Das einzige, was noch von dem herrschaftlichen Gehabe des ersten Marqués übriggeblieben war, waren die fünf Jagdhunde, die über die Nächte wachten.

Der lärmende Patio der Sklaven, wo Sierva Marías Geburtstag gefeiert wurde, war in den Zeiten des ersten Marqués eine Stadt innerhalb der Stadt gewesen. Das blieb so unter seinem Erben, solange der krumme Handel mit Sklaven und Mehl lief, den Bernarda von der Zuckermühle in Mahates aus mit der linken Hand lenkte. Jetzt gehörte aller Glanz der Vergangenheit an. Bernarda war von ihrem unstillbaren Laster ausgebrannt, und der Patio bestand nur noch aus zwei palmgedeckten Holzbaracken, wo die letzten Überbleibsel der Größe aufgezehrt wurden.

Dominga de Adviento, eine rechtschaffene Schwarze, die das Haus mit eiserner Faust bis zum Vorabend ihres Todes regiert hatte, war das Bindeglied zwischen diesen beiden Welten gewesen. Groß und knochig, von einer fast hellseherischen Intelligenz, hatte sie Sierva María aufgezogen. Dominga de Adviento war katholisch geworden, ohne auf ihren Yoruba-Glauben zu verzichten, und sie praktizierte beide Kulte zugleich, je nach Gefühl und Wellenschlag. Ihre Seele sei gesund und in Frieden, sagte sie, denn was ihr bei dem einen Kult fehle, finde sie bei dem anderen. Sie war auch der einzige Mensch, der die nötige Autorität hatte, um zwischen dem Marqués und seiner Frau zu vermitteln, und beide waren ihr zu Gefallen. Nur sie verjagte mit dem Besen die Sklaven, wenn sie diese bei schwulen Verirrungen oder mit der falschen Frau beim Vögeln in den leeren Räumen fand. Seit sie aber gestorben war, flüchteten die Sklaven vor der Mittagshitze aus den Baracken und lagen in irgendeinem Winkel auf dem Boden herum, kratzten sich die Reste aus den Reistöpfen oder spielten Macuco und Tarabilla in der Kühle der Korridore. In jener beklemmenden Welt, in der niemand frei war, war Sierva María es: nur sie und nur dort. Deshalb wurde dort das Fest gefeiert, in ihrem wahren Zuhause und mit ihrer wahren Familie.

Inmitten von so viel Musik war kein schweigsameres Tanzvergnügen vorstellbar, die eigenen Sklaven waren da und ein paar aus anderen distinguierten Häusern, die zum Fest beitrugen, was sie konnten. Das Mädchen zeigte sich, wie es war. Sie tanzte mit größerer Anmut und mehr Schwung als die gebürtigen Afrikaner, sie sang mit Stimmen, die anders als die eigene waren, in verschiedenen Sprachen Afrikas, oder mit den Stimmen von Vögeln oder Tieren, die davon verwirrt wurden. Auf Befehl von Dominga de Adviento schwärzten die jüngeren Sklavinnen Sierva Marías Gesicht mit Ruß, sie hängten ihr die Ketten der Santería über das Taufmedaillon und pflegten ihr Haar, das nie geschnitten wurde und sie beim Gehen behindert hätte, ohne die täglich geflochtenen und mehrfach gewundenen Zöpfe.

Sie begann im Schnittpunkt gegensätzlicher Kräfte zu erblühen. Von der Mutter hatte sie sehr wenig. Vom Vater hingegen hatte sie den mageren Körper, die unerlösbare Schüchternheit, die bleiche Haut, die Augen von einem finsteren Blau und das reine Kupfer der strahlenden Haarmähne. Da sie eine so behutsame Art hatte, schien sie unsichtbar zu sein. Erschreckt von dieser seltsamen Eigenschaft, hängte die Mutter ihr ein Glöckchen ans Handgelenk, um nicht ihre Spur im Halbdunkel des Hauses zu verlieren.

Zwei Tage nach dem Fest und fast versehentlich erzählte die Magd Bernarda, daß Sierva María von einem Hund gebissen worden sei. Vor dem Zubettgehen, während ihres sechsten heißen Bades mit Duftseifen, dachte Bernarda darüber nach und hatte es schon vergessen, als sie in ihr Schlafzimmer zurückkehrte. Erst in der folgenden Nacht fiel es ihr wieder ein, weil die Wachhunde grundlos bis zum Morgengrauen bellten, und sie befürchtete, sie könnten tollwütig sein. Daraufhin ging sie mit dem Handleuchter zu den Baracken im Patio und fand Sierva María, die in der von Dominga de Adviento geerbten indianischen Hängematte schlief. Da die Magd Bernarda nicht gesagt hatte, wo der Biß gewesen war, zog sie Sierva María das Hemd hoch und untersuchte sie von oben bis unten, mit dem Licht dem Büßerzopf folgend, der wie ein Löwenschwanz um den Körper gerollt war. Endlich fand sie den Biß: ein Kratzer am linken Knöchel, schon mit einer Kruste aus getrocknetem Blut, und einige kaum sichtbare Abschürfungen an der Ferse.

Tollwutfälle waren in der Geschichte der Stadt weder selten noch harmlos. Am meisten Aufsehen erregte der eines fliegenden Händlers, der mit einem abgerichteten Affen über die Dörfer zog, wobei dessen Manieren sich wenig von denen der Menschen unterschieden. Das Tier holte sich während der Seeblockade der Engländer die Tollwut, biß sein Herrchen ins Gesicht und entkam in die nahegelegenen Berge. Der unglückliche Marktschreier wurde mit Keulen während einer seiner gruseligen Halluzinationen erschlagen, von denen noch viele Jahre später die Mütter in Straßencouplets sangen, um die Kinder zu erschrecken. Es waren keine zwei Wochen vergangen, als eine Horde luziferischer Meerkatzen bei hellichtem Tage aus den Wäldern herabkam. Sie richteten Verheerungen in Schweineställen und Hühnerhöfen an und brachen heulend und an blutigem Geifer erstickend während des Tedeums, das anläßlich der Vernichtung des englischen Geschwaders zelebriert wurde, in die Kathedrale ein. Die schrecklichsten Dramen aber gingen nicht in die Geschichte ein, denn sie spielten sich innerhalb der schwarzen Bevölkerung ab, wo man die Bißopfer verbarg, um sie in den Siedlungen der flüchtigen Sklaven mit afrikanischer Magie zu behandeln.

Trotz so vieler abschreckender Beispiele dachten weder Weiße noch Schwarze oder Indios an die Tollwut oder eine andere Krankheit mit langer Inkubationszeit, bis sich die ersten irreparablen Symptome zeigten. Bernarda Cabrera ging nach dem gleichen Prinzip vor. Sie dachte, daß die Schauergeschichten der Schwarzen sich schneller und weiter verbreiteten als die der Christen und daß sogar ein einfacher Hundebiß der Familienehre schaden konnte. Sie war sich ihrer Sache so sicher, daß sie die Angelegenheit ihrem Mann gegenüber nicht einmal erwähnte, auch selbst nicht mehr daran dachte bis zum folgenden Sonntag, als die Magd allein zum Markt ging und dort den Kadaver eines Hundes sah, den man an einen Mandelbaum gehängt hatte, um kundzutun, daß er an Tollwut gestorben war. Es genügte ihr ein Blick, um das weiße Mal und das aschfarbene Fell des Tieres, das Sierva María gebissen hatte, wiederzuerkennen. Bernarda machte sich jedoch keine Sorgen, als man es ihr erzählte. Warum auch: Die Wunde war vernarbt und von den Abschürfungen keine Spur geblieben.

Der Dezember hatte schlecht begonnen, gewann jedoch bald seine amethystfarbenen Abende und seine Nächte mit den verrückt spielenden Winden zurück. Weihnachten war wegen der guten Nachrichten aus Spanien fröhlicher als in anderen Jahren. Aber die Stadt war nicht mehr die alte. Der Hauptmarkt für Sklaven war nach Havanna verlegt worden, und die Minen- und Landbesitzer dieser Festlandreiche zogen es vor, ihre Arbeitskräfte als billigere Schmuggelware auf den englischen Antillen zu kaufen. Also gab es zwei Städte: die fröhliche und belebte während der sechs Monate, in denen die Galeonen im Hafen lagen, und den Rest des Jahres über die andere, verschlafene, die deren Rückkehr erwartete.

Von den Bißopfern hörte man nichts mehr bis Anfang Januar, als eine umherstreichende Indianerin, die unter dem Namen Sagunta bekannt war, in der heiligen Stunde der Siesta an die Tür des Marqués klopfte. Sagunta war sehr alt und lief barfuß in sengender Sonne mit ihrem Wanderstab herum, von Kopf bis Fuß in ein weißes Laken gewickelt. Sie hatte den schlechten Ruf, eine Jungfernflickerin und Engelmacherin zu sein, machte diesen aber durch den guten Ruf wett, Geheimnisse der Indios zur Heilung hoffnungslos Kranker zu kennen.

Der Marqués empfing sie unwillig, stehend im Eingangsflur, und es dauerte, bis er begriff, was sie wollte, denn sie war eine Frau von großer Bedächtigkeit und verworrener Weitschweifigkeit. Sie redete so viel um ihr Anliegen herum, daß der Marqués die Geduld verlor.

»Sei es, was es sei, sagen Sie es mir ohne weitere Umschweife«, sagte er ihr.

»Wir sind von einer Tollwutepidemie bedroht«, sagte Sagunta, »und ich allein habe die Schlüssel des heiligen Hubertus, des Patrons der Jäger und Retters der Tollwütigen.«

»Ich sehe keinen Grund für eine Pest«, sagte der Marqués. »Meines Wissens sind weder Kometen noch Eklipsen angekündigt, und unsere Schuld ist nicht so groß, als daß Gott sich mit uns befassen müßte.«

Sagunta eröffnete ihm, daß es im März eine totale Sonnenfinsternis geben werde, und berichtete ihm umfassend über die am ersten Dezembersonntag Gebissenen. Zwei waren verschwunden, zweifellos von ihren Leuten zu Zauberkuren weggeschafft, und ein dritter war in der zweiten Woche an Tollwut gestorben. Es gab einen vierten, der nicht gebissen, sondern lediglich vom Geifer des Hundes bespritzt worden war, und der lag im Hospital Amor de Dios im Sterben. Der Amtmann hatte im laufenden Monat schon an die hundert herrenlose Hunde vergiften lassen. In einer Woche würde es keinen lebenden Hund mehr auf der Straße geben.

»Wie auch immer, ich weiß nicht, was ich damit zu tun habe«, sagte der Marqués. »Und erst recht nicht zu einer derart abwegigen Uhrzeit.«

»Ihre Tochter wurde als erste gebissen«, sagte Sagunta.

Zutiefst überzeugt sagte der Marqués zu ihr:

»Wenn es so wäre, hätte ich es als erster erfahren.«

Er meinte, das Mädchen sei wohlauf, und es schien ihm unmöglich, daß Sierva María etwas so Ernstes zugestoßen sei, ohne daß er davon erfahren hätte. Deshalb brach er das Gespräch ab und ging, seine Siesta zu vollenden.

Nichtsdestotrotz suchte er am Nachmittag in den Patios der Dienstboten nach Sierva María. Sie half gerade dabei, Kaninchen zu häuten, ihr Gesicht war schwarz angemalt, sie war barfuß und trug den roten Turban der Sklavinnen. Er fragte sie, ob es wahr sei, daß ein Hund sie gebissen habe, und sie verneinte es ohne jedes Zögern. Doch Bernarda bestätigte es ihm an jenem Abend. Verwirrt fragte der Marqués:

»Und warum streitet Sierva es ab?«

»Weil sie unter keinen Umständen die Wahrheit sagt, nicht einmal aus Versehen.«

»Dann muß gehandelt werden«, sagte der Marqués, »denn der Hund war tollwütig.«

»Umgekehrt«, sagte Bernarda, »es ist eher so, daß der Hund sterben mußte, weil er sie gebissen hat. Das war im Dezember, und das unverschämte Ding blüht und gedeiht.«

Beide verfolgten nun aufmerksam die zunehmenden Gerüchte über das Ausmaß der Tollwut und mußten entgegen ihren Wünschen noch einmal Angelegenheiten bereden, die beide gemeinsam betrafen, wie zu den Zeiten, als sie sich weniger haßten. Für ihn war es klar. Er hatte immer gemeint, die Tochter zu lieben, aber die Angst vor der Tollwut zwang ihn, sich einzugestehen, daß er sich aus Bequemlichkeit selbst betrog. Bernarda hingegen stellte sich solche Fragen erst gar nicht, denn sie war sich dessen voll bewußt, die Tochter nicht zu lieben und auch nicht von ihr geliebt zu werden, und beides erschien ihr gerecht. Viel von dem Haß, den beide für das Mädchen empfanden, ging auf das zurück, was das Kind von dem einen und vom anderen hatte. Dennoch war Bernarda bereit, die Tränenfarce aufzuführen und die Trauer der schmerzerfüllten Mutter zu tragen, um ihre Ehre zu wahren, unter der Bedingung, daß der Tod des Mädchens eine würdige Ursache hätte.

»Egal, welche«, präsizierte sie, »solange es nicht eine Hundekrankheit ist.«

In diesem Augenblick begriff der Marqués, wie durch eine himmlische Erleuchtung, worin der Sinn seines Lebens lag.

»Das Kind wird nicht sterben«, sagte er entschlossen. »Aber wenn es sterben muß, dann an dem, was Gott vorsieht.«

Am Dienstag fuhr er zum Hospital Amor de Dios auf dem Berg San Lázaro, um den Tollwütigen zu sehen, von dem Sagunta ihm erzählt hatte. Ihm war nicht bewußt, daß seine Kutsche mit dem Trauerflor als ein weiteres Zeichen sich zusammenbrauenden Unheils angesehen werden würde, denn seit vielen Jahren hatte er sein Haus nur noch zu großen Anlässen verlassen, und seit noch mehr Jahren hatte es nur unglückliche große Anlässe gegeben.

Die Stadt war in ihrer Mattigkeit von Jahrhunderten versunken, aber der eine oder andere sah doch das abgezehrte Antlitz und die flüchtigen Augen des ungewissen Herren in Trauerkleidung, der in seiner Kutsche die Stadtmauern hinter sich ließ und querfeldein zu dem Berg San Lázaro fuhr. Im Hospital sahen ihn die auf den Ziegelböden liegenden Leprakranken wie einen Wiedergänger hereinschreiten und verstellten ihm, um Almosen bittend, den Weg. In der Abteilung der Tobsüchtigen stand, an einen Pfosten gefesselt, der Tollwutkranke.

Es war ein alter Mulatte mit wattigem Kopf und Bart. Er war schon halbseitig gelähmt, aber die Tollwut hatte die andere Körperhälfte mit so viel Kraft erfüllt, daß er festgebunden werden mußte, damit er sich nicht an den Wänden zerschmetterte. Sein Bericht ließ keinen Zweifel daran, ihn hatte derselbe aschfarbene Hund mit dem weißen Mal angefallen wie Sierva María. Und der hatte ihn tatsächlich besabbert, allerdings nicht auf die gesunde Haut, sondern auf ein chronisches Geschwür, das er am Schienbein hatte. Diese Präzisierung reichte nicht aus, um den Marqués zu beruhigen, der entsetzt von dem Anblick des Sterbenden und ohne einen Schimmer der Hoffnung für Sierva María das Hospital verließ.

Auf der Rückfahrt in die Stadt am Berghang entlang begegnete er einem Mann von großartiger Erscheinung, der am Wegrand auf einem Stein neben seinem toten Pferd saß. Der Marqués ließ den Wagen halten, und erst als der Mann aufstand, erkannte er den Lizentiaten Abrenuncio de Sa Pereira Cão, den bekanntesten und umstrittensten Arzt der Stadt. Er sah genau wie Treffkönig aus. Er trug einen breitkrempigen Hut gegen die Sonne, Reitstiefel und den schwarzen Umhang des gebildeten Freigelassenen. Er grüßte den Marqués mit einem wenig üblichen Zeremoniell.

»*Benedictus qui venit in nomine veritatis*«, sagte er.

Sein Pferd hatte beim Rückritt nicht die Steigung geschafft, die es hochgetrabt war, und das Herz war ihm geplatzt. Neptuno, der Kutscher des Marqués, versuchte es abzusatteln. Der Besitzer hielt ihn davon ab.

»Wozu brauche ich einen Sattel, wenn ich nichts zu satteln habe«, sagte er. »Lassen Sie, er soll mitverfaulen.«

Der Kutscher mußte Abrenuncio wegen seiner puerilen Dickleibigkeit beim Besteigen der Kutsche helfen, und der Marqués ehrte ihn damit, daß er ihn zu seiner Rechten sitzen ließ. Abrenuncio dachte an das Pferd.

»Es ist, als sei mir die Hälfte des Leibes weggestorben«, seufzte er.

»Nichts ist so leicht zu lösen wie der Tod eines Pferdes«, sagte der Marqués.

Abrenuncio wurde lebhaft. »Dieses war anders«, sagte er. »Wenn ich die Mittel hätte, ich würde es in geweihter Erde begraben lassen.« Er sah den Marqués, auf dessen Reaktion wartend, an und schloß:

»Im Oktober ist es hundert geworden.«

»Kein Pferd lebt so lange«, sagte der Marqués.
»Ich kann es beweisen«, sagte der Arzt.

Er arbeitete dienstags im Amor de Dios und betreute Leprakranke, die noch andere Leiden hatten. Er war ein glänzender Schüler des Lizentiaten Juan Méndez Nieto gewesen, eines portugiesischen Juden, der wegen der Verfolgung in Spanien ebenfalls in die Karibik emigriert war, und er hatte von ihm den schlechten Ruf eines Nekromanten und Lästerers geerbt, seine Weisheit aber zog niemand in Zweifel. Seine Streitigkeiten mit den anderen Ärzten, die ihm weder seine unglaublichen Erfolge noch seine ungewöhnlichen Methoden verziehen, waren endlos und blutig. Er hatte eine Pille erfunden, die, einmal im Jahr eingenommen, den Gesundheitstonus verbesserte und das Leben verlängerte, in den ersten drei Tagen aber solche Geistesstörungen verursachte, daß außer ihm niemand mehr wagte, sie einzunehmen. In früheren Zeiten pflegte er zur Sedierung der Kranken neben ihrem Kopfkissen Harfe zu spielen, eine bestimmte, eigens zu diesem Zwecke komponierte Musik. Er praktizierte nicht die Chirurgie, die er immer als eine niedere Tätigkeit für Schulmeister und Barbiere angesehen hatte, und seine schreckenerregende Spezialität war es, den Kranken Tag und Stunde ihres Todes vorauszusagen. Sowohl sein guter wie sein schlechter Ruf nährten sich jedoch aus derselben Quelle: Es hieß, und niemand hatte es je dementiert, er habe einen Toten wiedererweckt.

Trotz all seiner Erfahrung war Abrenuncio über den Tollwütigen erschüttert. »Der menschliche Körper ist für die Jahre, die man leben könnte, nicht geschaffen«, sagte er. Dem Marqués entging kein Wort seines minutiösen und farbigen Vortrags, und er redete erst, als der Arzt nichts mehr zu sagen hatte.

»Was kann man mit diesem armen Mann machen?« fragte er.

»Töten«, sagte Abrenuncio .

Der Marqués sah ihn entsetzt an.

»So jedenfalls würden wir handeln, wenn wir gute Christen wären«, fuhr der Arzt unbeirrt fort. »Und wundern Sie sich nicht, mein Herr: Es gibt mehr gute Christen, als man denkt.«

Er meinte genaugenommen die armen Christen jedweder Farbe, in den Außenvierteln und auf dem Land, die den Mut hatten, ihren Tollwütigen Gift ins Essen zu schütten, um ihnen das Grauen der letzten Tage zu ersparen. Gegen Ende des vergangenen Jahrhunderts hatte eine ganze Familie von einer vergifteten Suppe gegessen, weil keiner das Herz hatte, den fünfjährigen Jungen allein zu vergiften.

»Man geht davon aus, daß wir Ärzte nicht wissen, daß solche Dinge geschehen«, schloß Abrenuncio. »Doch dem ist nicht so, es mangelt uns nur an der moralischen Autorität, sie zu unterstützen. Statt dessen machen wir mit den Moribunden das, was Sie gerade gesehen haben. Wir empfehlen sie dem heiligen Hubertus, und wir binden sie an einen Pfosten, damit sie eine schlimmere und längere Agonie haben.«

»Gibt es kein anderes Mittel?« fragte der Marqués.

»Nach den ersten Ausbrüchen der Tollwut gibt es keines«, sagte der Arzt. Er sprach von munteren

Traktaten, die sie als heilbare Krankheit einstuften, auf der Grundlage von verschiedenen Rezepten: Ranunkel, Zinnober, Moschus, Quecksilber, *anagallis flore purpureo*. »Mumpitz«, sagte er. »Die Sache ist die, manche bekommen die Tollwut und andere nicht, und es ist einfach zu behaupten, daß die Medikamente diese davor bewahren.« Er suchte die Augen des Marqués, um sich zu vergewissern, daß er noch wach war, und schloß:

»Warum sind Sie daran so interessiert?«

»Aus Anteilnahme«, log der Marqués.

Er betrachtete durch das Fenster das von der Langeweile um vier Uhr nachmittags lethargische Meer, und er nahm mit bedrücktem Herzen wahr, daß die Schwalben zurückgekehrt waren. Noch erhob sich keine Brise. Eine Gruppe Kinder versuchte, mit Steinwürfen einen Pelikan zu erlegen, der sich an einen sumpfigen Strand verirrt hatte, und der Marqués folgte dessen flüchtendem Flug, bis der Vogel sich zwischen den leuchtenden Kuppeln der befestigten Stadt verlor.

Die Kutsche fuhr durch das Stadttor der Media Luna in den befestigten Bezirk, und Abrenuncio dirigierte den Kutscher durch das laute Viertel der Handwerker bis zu seinem Haus. Was nicht einfach war. Neptuno war über siebzig und außerdem zögerlich und kurzsichtig, und er war daran gewöhnt, daß das Pferd allein den Weg durch die Straßen fand, die es besser kannte als er. Als sie schließlich auf das Haus stießen, verabschiedete sich Abrenuncio an der Tür mit einer Sentenz von Horaz.

»Ich kann kein Latein«, entschuldigte sich der Marqués.

»Das haben Sie auch nicht nötig!« sagte Abrenuncio. Und sagte es selbstverständlich auf lateinisch.

Der Marqués war so beeindruckt, daß, nach Hause zurückgekehrt, seine erste Handlung die seltsamste seines Lebens war. Er befahl Neptuno, das tote Pferd auf dem San Lázaro zu bergen und in geweihter Erde zu begraben und Abrenuncio gleich früh am nächsten Morgen das beste Pferd aus seinem Stall zu schicken.

Nach der flüchtigen Erleichterung durch die Antimonabführung verabreichte sich Bernarda bis zu dreimal täglich tröstliche Klistiere, um den Brand in ihren Gedärmen zu ersticken, oder tauchte bis zu sechsmal in ein heißes Bad mit Duftseifen, um ihre Nerven zu beruhigen. Nichts war von dem geblieben, was sie jungverheiratet einmal gewesen war, zu der Zeit, als sie kaufmännische Abenteuer aushecke und mit hellseherischer Sicherheit durchstand; derart erfolgreich war sie, bis zu dem unseligen Abend, als sie Judas Iscariote kennenlernte und das Unglück sie mit sich riß.

Sie war ihm zufällig in einer Jahrmarktsarena begegnet, wo er mit bloßen Händen, fast nackt und ganz ungeschützt, mit einem Kampfstier rang. Er war so schön und wagemutig, daß sie ihn nicht vergessen konnte. Tage später sah sie ihn wieder auf einer Karnevals-Cumbiamba, an der sie maskiert und als Bettlerin verkleidet teilnahm, umringt von ihren Sklavinnen, die mit Halsketten, Armbändern und Ohrringen aus Gold und kostbaren Steinen wie die Marquesas gekleidet waren. In der Mitte eines

Kreises von Neugierigen tanzte Judas mit denjenigen, die ihn dafür bezahlten, und man hatte ordnend eingreifen müssen, um das Ungestüm der Anwärterinnen zu dämpfen. Bernarda fragte ihn, wieviel er koste. Judas antwortete tanzend:

»Einen halben Real.«

Bernarda nahm die Maske ab.

»Ich will wissen, was du fürs ganze Leben kostest«, sagte sie zu ihm.

Judas sah, daß sie mit unverdecktem Gesicht nicht so viel einem Bettelweib hatte, wie es den Anschein gehabt hatte. Er ließ seine Partnerin los und näherte sich Bernarda mit wiegendem Gang, damit man seinen Wert sah.

»Fünfhundert Goldpesos«, sagte er.

Sie maß ihn mit dem Auge einer gewieften Schätzerin. Er war riesig, hatte eine Seehundshaut, einen wogenden Brustkorb, schmale Hüften, hochgewachsene Beine und sanfte Hände, die nichts von seiner Tätigkeit verrieten. Bernarda schätzte ihn:

»Du mißt acht Spannen.«

»Und drei Zoll«, sagte er.

Bernarda ließ ihn den Kopf hinabbeugen, damit sie sein Gebiß prüfen konnte, und der Ammoniakhauch seiner Achseln betäubte sie. Die Zähne waren vollständig, gesund und regelmäßig.

»Dein Herr muß verrückt sein, wenn er meint, daß dich jemand für den Preis eines Pferdes kauft«, sagte Bernarda.

»Ich bin frei, und ich verkaufe mich selbst«, antwortete er. Und setzte noch mit einem gewissen Ton hinzu: »Señora.«

»Marquesa«, sagte sie.

Er machte vor ihr die Reverenz eines Höflings, was ihr den Atem verschlug, und sie kaufte ihn für die Hälfte seiner Forderungen. »Nur zur Augenweide«, wie sie sagte. Dafür respektierte sie seine Stellung eines freien Mannes und ließ ihm die Zeit, weiter mit seinem Zirkusstier aufzutreten. Sie brachte ihn in einem Zimmer nah dem ihren unter, das dem Stallburschen gehört hatte, und wartete vor der ersten Nacht an auf ihn, nackt und bei entriegelter Tür, dessen sicher, daß er uneingeladen kommen würde. Aber sie mußte zwei Wochen lang warten und konnte wegen der Glut in ihrem Leib nicht in Frieden schlafen.

In Wirklichkeit hatte er, sobald er wußte, wer sie war, und das Haus von innen gesehen hatte, die Distanz eines Sklaven zurückgewonnen. Als aber Bernarda aufgehört hatte, auf ihn zu warten, im Nachthemd schlief und den Riegel wieder vor die Tür schob, stieg er durchs Fenster ein. Sie wurde vom Ammoniakgeruch in der Luft geweckt. Sie hörte das Schnauben eines Minotaurus, der im Dunkeln nach ihr suchte, spürte die schwelende Hitze des Körpers auf sich, die räuberischen Hände, die ihr Nachthemd am Ausschnitt griffen und aufrissen, während er ihr ins Ohr keuchte: »Hure, Hure.« Seit dieser Nacht wußte Bernarda, daß sie ihr Leben lang nichts anderes mehr machen wollte.

Sie war verrückt nach ihm. Nachts gingen sie zu den Kerzentänzen in die Vorstädte, er als Herr gekleidet, in Frack und Zylinder, von Bernarda nach ihrem Geschmack gekauft, und sie anfangs noch irgendwie verkleidet und später mit ihrem eigenen Gesicht. Sie überschüttete ihn mit Gold, Ketten,

Ringen und Armreifen und ließ ihm Diamanten in die Zähne einsetzen. Sie glaubte, sterben zu müssen, als sie merkte, daß er mit allen schlief, die ihm über den Weg liefen, doch schließlich begnügte sie sich mit dem, was übrigblieb. Das war zu der Zeit, als Dominga de Adviento während der Siesta in Bernardas Schlafzimmer kam, weil sie dachte, diese sei auf der Zuckermühle, die beiden aber nackt auf dem Boden beim Geschlechtsverkehr überraschte. Die Sklavin blieb eher verblüfft als bestürzt mit der Hand auf der Klinke stehen.

»Steh nicht da wie eine Tote«, schrie Bernarda sie an. »Verschwinde oder komm und wälz dich mit uns.«

Dominga de Adviento ging und schmetterte die Tür zu, was für Bernarda wie eine Ohrfeige klang. Sie bestellte sie am Abend zu sich und drohte ihr mit fürchterlichen Strafen für jedwede Bemerkung über das Gesehene. »Keine Sorge, Weiße«, sagte die Sklavin. »Ihr könnt mir verbieten, was immer Ihr wollt, und ich gehorche.« Und sie schloß:

»Übel ist nur, daß Ihr mir nicht meine Gedanken verbieten könnt.«

Falls der Marqués davon wußte, gab er sich völlig ahnungslos. Schließlich war Sierva María das einzige, was er noch mit seiner Frau gemeinsam hatte, und er sah in ihr nicht seine, sondern nur ihre Tochter. Bernarda ihrerseits dachte nicht einmal so etwas. Das Kind war bei ihr derart in Vergessenheit geraten, daß sie es, nach einem ihrer langen Aufenthalte bei der Zuckermühle, mit einem anderen Mädchen verwechselte, weil es so groß und anders war. Sie rief es, untersuchte es, befragte es über sein Leben, aber bekam kein Wort aus ihr heraus.

»Du bist genau wie dein Vater«, sagte sie. »Eine Mißgeburt.«

IN SOLCHER STIMMUNG waren beide auch noch an dem Tag, als der Marqués vom Hospital Amor de Dios zurückkam und Bernarda seinen Entschluß verkündete, mit eiserner Hand im Haus die Zügel zu ergreifen. Seine Eindringlichkeit hatte etwas Frenetisches und verschlug Bernarda die Sprache.

Als erstes gab er dem Mädchen das Schlafzimmer seiner Großmutter, der Marquesa, wieder, aus dem es einst von Bernarda herausgeholt worden war, damit es bei den Sklaven schliefe. Unberührt unter dem Staub lag der Glanz von ehedem: das fürstliche Bett, dessen schimmerndes Messing das Personal für Gold hielt; das Moskitonetz aus bräutlichem Tüll, die üppigen Gewänder mit Posamentstickerei, der Waschtisch aus Alabaster mit zahlreichen Schmink- und Parfumtiegeln, die in martialischer Ordnung auf dem Frisierbord standen, der tragbare Nachttopf, der Spucknapf und der Speikübel aus Porzellan, eine Scheinwelt, erträumt von der rheumasteifen alten Frau für die Tochter, die sie nie geboren hatte, und für die Enkelin, die sie nicht mehr sah.

Während die Sklavinnen das Schlafzimmer auferstehen ließen, war der Marqués damit beschäftigt, sein Gesetz im Haus durchzusetzen. Er scheuchte die Sklaven auf, die im Schatten der Arkaden dösten, und drohte denjenigen mit Auspeitschung und Kerker, die ihre Notdurft in den Ecken verrichteten oder in den verschlossenen Zimmern dem Glücksspiel frönten. Das waren keine neuen Anweisungen. Sie waren sehr viel strenger befolgt worden, als Bernarda noch das Kommando geführt hatte, Dominga de Adviento für die Ausführung sorgte und der Marqués in der Öffentlichkeit mit seinem historischen Ausspruch kokettierte: »In meinem Haus wird das gemacht, was ich befolge.« Als aber Bernarda im Kakaosumpf versank und Dominga de Adviento gestorben war, hatten sich die Sklaven klammheimlich wieder eingeschlichen, erst die Frauen mit ihren Kleinen, um bei minderen Arbeiten zu helfen, und dann, die Kühle der Korridore suchend, auch die müßigen Männer. Aufgeschreckt von dem Gespenst des Ruins schickte Bernarda sie auf die Straße, damit sie sich dort ihr Essen erbettelten. In einer ihrer Krisen beschloß sie, alle Sklaven bis auf die drei oder vier für die Hausarbeit freizulassen, doch der Marqués widersetzte sich mit einer Ungereimtheit:

»Wenn sie Hungers sterben müssen, dann besser hier und nicht irgendwo da draußen.«

Als der Hund Sierva María gebissen hatte, hielt der Marqués sich nicht an so schlichte Formeln. Er übertrug dem Sklaven, der ihm die größte Autorität und Vertrauenswürdigkeit zu besitzen schien, Vollmachten und gab ihm Anweisungen, deren Härte sogar Bernarda empörte. Bei Anbruch der Nacht, als das Haus zum ersten Mal seit dem Tod von Dominga de Adviento wieder in Ordnung war, fand er Sierva María in der Baracke der Sklavinnen, inmitten von einem halben Dutzend junger Schwarzer, die in kreuz und quer auf unterschiedlicher Höhe gespannten Hängematten lagen. Er weckte alle, um ihnen die Regeln des neuen Regiments zu verkünden.

»Ab heute wohnt das Mädchen im Haus«, sagte er zu ihnen. »Und hier wie im ganzen Reich gilt, daß sie nur eine Familie hat, und die besteht allein aus Weißen.«

Das Mädchen wehrte sich, als er sie in seinen Armen ins Schlafzimmer tragen wollte, und er mußte ihr begreiflich machen, daß eine Männerordnung die Welt regiere. Bereits im Schlafzimmer der Großmutter, als er ihren Sklavinnenunterrock aus Leinen gegen ein Nachthemd auswechselte, bekam er von ihr kein Wort mehr zu hören. Bernarda sah ihnen von der Tür aus zu: Der Marqués saß auf dem Bett und kämpfte mit den Knöpfen des Nachthemdes, die nicht in die neuen Knopflöcher wollten, und das Mädchen stand vor ihm und schaute ihn unbewegt an. Bernarda konnte sich nicht zurückhalten: »Warum heiratet ihr nicht?« spottete sie. Und da der Marqués nicht darauf reagierte, sagte sie noch mehr:

»Wäre kein schlechtes Geschäft, kreolische Edelfräulein mit Hühnerbeinen in die Welt zu setzen, um sie an den Zirkus zu verkaufen.«

Auch bei ihr hatte sich etwas verändert. Trotz des wilden Gelächters schien ihr Antlitz weniger bitter, und in ihrer Gemeinheit lag eine Spur von Anteilnahme, die der Marqués nicht wahrnahm. Sobald er spürte, daß sie weg war, sagte er zu der Tochter:

»Sie ist eine Bache.«

Er meinte, einen Funken von Interesse bei ihr zu bemerken. »Weißt du, was eine Bache ist?« fragte er, begierig auf eine Antwort. Sierva María gewährte sie ihm nicht. Sie ließ sich ins Bett legen, ließ sich den Kopf auf die Federkissen betten, ließ sich bis zu den Knien mit dem Leinentuch, das nach dem Zedernholz der Truhe duftete, zudecken, ohne ihm auch nur einen barmherzigen Blick zu gönnen. Er verspürte einen Gewissensschauder:

»Betest du vor dem Schlafen?«

Das Mädchen sah ihn nicht einmal an. An die Hängematte gewöhnt, rutschte sie in die Fötallage und schlief ein, ohne sich zu verabschieden. Der Marqués schloß das Moskitonetz mit größter Sorgfalt, damit die Fledermäuse sie nicht im Schlaf anfielen. Es war kurz vor zehn, und der Chor der Irren war in dem durch die Vertreibung der Sklaven zurückgewonnenen Haus unerträglich.

Der Marqués ließ die Hunde los, sie stürmten zum Schlafzimmer der Großmutter und schnupperten mit hechelndem Gekläff an den Türritzen. Der Marqués kraulte ihnen den Kopf mit den Fingerkuppen und beruhigte sie mit der frohen Botschaft:

»Das ist Sierva, die seit heute abend bei uns wohnt.«

Er schlief wenig und schlecht wegen der Irren, die bis zwei Uhr früh sangen. Beim ersten Hahnenschrei stand er auf und ging als erstes zum Zimmer des Mädchens. Es war nicht dort, sondern im Schuppen der Sklavinnen. Die dem Eingang am nächsten schlief, wachte verschreckt auf.

»Sie ist von alleine gekommen, Señor«, sagte sie, bevor er irgend etwas fragte. »Ich habe es nicht einmal gemerkt.«

Der Marqués wußte, daß es stimmte. Er fragte, welche von ihnen Sierva María begleitet hatte, als sie von dem Hund gebissen worden war. Die einzige Mulattin, die Caridad del Cobre hieß, meldete sich zitternd vor Angst. Der Marqués beruhigte sie.

»Kümmere dich um sie, als ob du Dominga de Adviento wärst«, sagte er zu ihr.

Er erklärte ihr ihre Pflichten. Er ermahnte sie, Sierva María nicht einen Augenblick aus den Augen zu verlieren und sie mit Zuneigung und Verständnis, aber ohne Willfährigkeit zu behandeln. Das Wichtigste war, daß sie nicht den Dornenzaun überwand, den er zwischen dem Sklavenpatio und dem Rest des Hauses aufstellen lassen würde. Morgens nach dem Aufwachen und abends vor dem Schlafengehen hatte Caridad del Cobre ihm unaufgefordert einen vollständigen Bericht zu geben.

»Achte gut darauf, was du tust und wie du es tust«, schloß er. »Denn du wirst als einzige dafür verantwortlich sein, daß diese meine Befehle befolgt werden.«

UM SIEBEN UHR MORGENS, nachdem er die Hunde eingesperrt hatte, ging er zu Abrenuncios Haus. Der Arzt öffnete ihm persönlich, da er weder Sklaven noch Dienstboten hatte. Der Marqués sprach sich selbst den Tadel aus, den er zu verdienen glaubte.

»Das ist jetzt keine Besuchszeit«, sagte er.

Voller Dankbarkeit für das Pferd, das er gerade erhalten hatte, öffnete der Arzt ihm sein Herz. Er führte den Marqués durch den Patio bis zum Schuppen einer ehemaligen Schmiede, von der nur noch die Trümmer der Esse übrig waren. Der herrliche zweijährige Fuchs wirkte, fern von seiner vertrauten Umgebung, unruhig. Abrenuncio tätschelte ihm besänftigend den Kopf, während er ihm auf lateinisch leere Versprechungen ins Ohr flüsterte.

Der Marqués erzählte dem Arzt, das tote Pferd sei im ehemaligen Garten des Hospitals Amor de Dios begraben worden, der während der Choleraepidemie als Friedhof für Reiche geweiht worden war. Abrenuncio dankte ihm wie für einen übertriebenen Gunstbeweis. Während sie redeten, fiel ihm auf, daß der Marqués sich auf Abstand hielt. Dieser gestand ihm, er habe nie den Mut gehabt, auf ein Pferd zu steigen.

»Ich habe vor Pferden genauso viel Angst wie vor Hühnern«, sagte er.

»Das ist ein Jammer, denn die mangelnde Verständigung mit den Pferden hat die Menschheit zurückgeworfen«, sagte Abrenuncio. »Wenn wir das einmal durchbrächen, könnten wir Zentauren schaffen.«

Das Innere des Hauses, erleuchtet von zwei zum weiten Meer hin offenen Fenstern, war in der peniblen Manier eines eingefleischten Junggesellen hergerichtet. Der ganze Raum war von balsamischen Düften durchdrungen, die den Glauben an die Effizienz der Medizin förderten. Ein aufgeräumter Schreibtisch stand da und eine Vitrine voller Porzellantiegel mit lateinischen Aufschriften. In einen Winkel verbannt und von goldenem Staub bedeckt stand die medizinische Harfe. Das Auffallendste waren die Bücher, viele davon in Latein und mit verziertem Rücken. Sie befanden sich in Glasschränken und offenen Regalen oder lagen sorgfältig gestapelt auf dem Boden, und der Arzt bewegte sich durch die Hohlwege aus Papier mit der Leichtfüßigkeit eines Nashorns im Rosenbeet. Der Marqués war von der Menge überwältigt.

»Alles Wissen der Welt muß in diesem Zimmer stecken«, sagte er.

»Die Bücher sind zu nichts nütze«, sagte Abrenuncio gut gelaunt. »Mein Leben ist darüber vergangen, die Krankheiten zu heilen, die andere Ärzte mit ihren Medikamenten auslösen.«

Er hob eine schlafende Katze von seinem großen Lehnsessel, damit sich der Marqués darauf setzen konnte. Er bot ihm einen Kräutersud an, den er auf seinem Athanorbrenner selbst zubereitete, erzählte ihm währenddessen von seinen medizinischen Erfahrungen, bis er merkte, daß der Marqués das Interesse verloren hatte. So war es: Er war plötzlich aufgestanden, hatte ihm den Rücken zugekehrt und schaute auf das ungesellige Meer. Endlich, dem Arzt immer noch den Rücken zugekehrt, fand er den Mut zu beginnen.

»Lizentiat«, murmelte er.

Abrenuncio hatte diese Ansprache nicht erwartet.

»Hmm?«

»Unter dem Siegel des Arztgeheimnisses und nur zu ihrer Verwendung, gestehe ich, daß wahr ist, was geredet wird«, sagte der Marqués in feierlichem Ton. »Der tollwütige Hund hat auch meine Tochter gebissen.«

Er sah den Arzt an und begegnete einer abgeklärten Seele.

»Das weiß ich«, sagte der Doktor. »Und ich nehme an, Sie sind deshalb zu so früher Stunde gekommen.«

»So ist es«, sagte der Marqués. Und er wiederholte die Frage, die er schon im Hospital angesichts des Gebissenen gestellt hatte: »Was können wir tun?«

Statt der brutalen Antwort vom Vortag verlangte Abrenuncio Sierva María zu sehen. Eben darum hatte ihn der Marqués bitten wollen. So waren sie sich einig, und der Wagen wartete vor der Tür auf sie.

Als sie zum Haus des Marqués kamen, fand er Bernarda vor ihrem Frisiertisch sitzend, sie kämmte sich für niemanden mit der Koketterie jener fernen Jahre, in denen sie sich zuletzt geliebt hatten und die er aus seinem Gedächtnis getilgt hatte. Das Zimmer war vom frühlingshaften Duft ihrer Seifen erfüllt. Sie sah ihren Mann im Spiegel und sagte ohne Schärfe zu ihm: »Wer sind wir, um Pferde wegzuschenken?« Der Marqués wich aus. Er nahm ihr Hausgewand von dem zerwühlten Bett, warf es ihr über und befahl unbarmherzig:

»Ziehen Sie sich an, der Arzt ist da.«

»Gott behüte«, sagte sie.

»Nicht für Sie, obgleich Sie ihn bitter nötig hätten«, sagte er. »Er kommt wegen des Mädchens.«

»Das wird ihr nichts nützen«, sagte sie. »Sie stirbt, oder sie stirbt nicht: Etwas anderes gibt es nicht.« Doch die Neugier überkam sie: »Wer ist es?«

»Abrenuncio«, sagte der Marqués.

Bernarda war empört. Sie wollte lieber sterben, so, allein und nackt, als ihre Ehre in die Hände eines verkappten Juden zu legen. Er war der Hausarzt ihrer Eltern gewesen, und sie hatten ihn verstoßen, weil er den Zustand der Patienten ausposaunte, um sich mit seinen Diagnosen zu brüsten. Der Marqués machte Front gegen sie.

»Auch wenn es Ihnen nicht gefällt und mir noch weniger, Sie sind die Mutter«, sagte er. »Wegen dieses heiligen Rechts bitte ich Sie, Zeugnis von der Untersuchung abzulegen.«

»Von mir aus könnt ihr tun, was ihr wollt«, sagte Bernarda. »Ich bin gestorben.«

Anders als man hätte erwarten können, unterwarf sich das Mädchen ohne Umstände der gründlichen Erkundung seines Körpers, verfolgte sie neugierig, wie es eine Spieluhr beobachtet hätte. »Wir Ärzte sehen mit den Händen«, sagte Abrenuncio. Belustigt lächelte das Mädchen ihn zum ersten Mal an.

Die Beweise für ihre gute Gesundheit lagen zu Tage, denn trotz ihrer schmächtigen Erscheinung hatte sie einen harmonischen Körper, der von einem fast unsichtbaren Goldflaum bedeckt war und das erste Knospen eines glücklichen Erblühens verriet. Ihre Zähne waren vollkommen, die Augen scharfsichtig, die Füße ruhig, die Hände weise, und jedes Haar ihrer Mähne war das Präludium für ein langes Leben. Sie antwortete guten Mutes und äußerst beherrscht bei dem geschickten Verhör, und man mußte sie schon sehr gut kennen, um zu merken, daß keine Antwort der Wahrheit entsprach. Erst als der Arzt die winzige Narbe am Knöchel entdeckte, wirkte sie angespannt. Abrenuncios Scharfsinn kam ihr zuvor.

»Bist du gefallen?«

Das Mädchen bejahte, ohne mit der Wimper zu zucken:
»Vom Schemel.«
Der Arzt begann Selbstgespräche auf lateinisch zu führen. Der Marqués kam ihm dazwischen:
»Sagen Sie es mir auf spanisch.«
»Sie sind nicht gemeint«, sagte Abrenuncio. »Ich denke in Küchenlatein.«
Sierva María war entzückt von Abrenuncios Kunstgriffen, bis der ihr das Ohr auf die Brust legte, um sie abzuhören. Das Herz sprang gehetzt, und aus der Haut stieg ein bleicher, eisiger Tau auf, der entfernt nach Zwiebeln roch. Als er fertig war, gab der Arzt dem Mädchen einen zärtlichen, kleinen Klaps auf die Wange.
»Du bist sehr tapfer«, sagte er zu ihr.
Wieder allein mit dem Marqués, bemerkte er, das Mädchen wisse, daß der Hund die Tollwut gehabt habe. Der Marqués begriff nicht.
»Sie hat Ihnen viele Lügengeschichten erzählt, aber die nicht«, sagte er.
»Nicht sie hat es mir erzählt, mein Herr«, sagte der Arzt, »sondern ihr Herz: Es sprang wie ein Fröschlein im Käfig.«
Der Marqués hielt sich bei der Aufzählung anderer erstaunlicher Lügen seiner Tochter auf, nicht mißbilligend, sondern mit einem gewissen väterlichen Stolz. »Vielleicht wird sie Dichterin«, sagte er. Abrenuncio mochte nicht anerkennen, daß die Lüge eine Eigenschaft der Kunst sei.
»Je transparenter das Geschriebene, um so deutlicher die Poesie«, sagte er.
Das einzige, was er nicht deuten konnte, war der

Zwiebelgeruch im Schweiß des Mädchens. Da ihm kein Zusammenhang zwischen irgendwelchen Gerüchen und der Tollwut bekannt war, nahm er dies als blindes Symptom. Caridad del Cobre enthüllte dem Marqués später, daß Sierva María sich heimlich den Künsten der Sklaven ausgeliefert hatte. Die hatten ihr Harzpflaster aus Manajú zum Kauen gegeben und sie in der Zwiebelkammer eingeschlossen, um die Behexung durch den Hund aufzuheben.

Abrenuncio verharmloste nicht die kleinste Einzelheit der Tollwut. »Je tiefer der Biß ist und je näher am Hirn, desto schneller und heftiger kommen die ersten Anfälle«, sagte er. Er erinnerte sich an den Fall eines Patienten, der nach fünf Jahren gestorben war, wobei der Zweifel blieb, ob es nicht noch später zu einer unerkannten Ansteckung gekommen war. Die schnelle Vernarbung hatte nichts zu bedeuten: Nach einer unbestimmbaren Zeit konnte die Narbe anschwellen, wieder aufbrechen und eitern. Die Endphase der Krankheit konnte so qualvoll sein, daß ein schneller Tod vorzuziehen war. Das Gesetz erlaube nur, sich an das Hospital Amor de Dios zu wenden, wo es Senegalesen gab, die geübt im Umgang mit Ketzern und tobsüchtigen Irren waren. Andernfalls müßte der Marqués selbst die Strafe auf sich nehmen, das Kind ans Bett gekettet zu halten, bis es starb.

»In der bereits langen Menschheitsgeschichte hat kein Hydrophobiker überlebt, um davon zu berichten«, schloß der Arzt.

Der Marqués entschied, kein Kreuz sei so schwer, als daß er es nicht zu tragen bereit wäre. Das Kind sollte zu Hause sterben. Der Arzt zeichnete ihn mit einem Blick aus, der mehr von Mitleid als von Respekt zeugte.

»Von Ihnen war geringere Großherzigkeit nicht zu erwarten, mein Herr«, sagte er. »Und ich zweifle nicht daran, daß Ihre Seele gestählt genug ist, um das zu ertragen.«

Er betonte noch einmal, daß die Prognose nicht beunruhigend sei. Die Wunde lag weit von der Hauptgefahrenzone entfernt, und niemand erinnerte sich daran, daß sie geblutet hatte. Aller Voraussicht nach würde Sierva María nicht die Tollwut bekommen.

»Und inzwischen?« fragte der Marqués.

»Inzwischen« sagte Abrenuncio, »lassen Sie Musik spielen, füllen Sie das Haus mit Blumen, lassen Sie die Vögel singen, bringen Sie das Mädchen zu den Sonnenuntergängen ans Meer, geben Sie ihm alles, was es glücklich machen kann.« Er ließ den Hut einmal in der Luft kreisen und verabschiedete sich mit der üblichen lateinischen Sentenz. Diesmal aber übersetzte er sie zu Ehren des Marqués: »Keine Medizin heilt, was nicht die Glückseligkeit heilt.«

ZWEI

Es wurde nie bekannt, wie der Marqués in einen derartigen Zustand der Vernachlässigung geraten war oder warum er eine so schlechte Ehe führte, hatte ihm doch der Weg in ein geruhsames Witwerdasein offengestanden. Was immer er wollte, hätte er sein können, dank der unmäßigen Macht des ersten Marqués, seines Vaters, dem als Ritter des Ordens von Santiago, Sklavenhändler, Richter über Leben und Tod, Feldherr ohne Herz, vom König, seinem Herrn, weder Ehren und Pfründe beschnitten noch Übergriffe geahndet wurden.

Ygnacio, der einzige Erbe, zeigte keinerlei Neigung zu irgend etwas. Er wuchs mit deutlichen Anzeichen geistiger Zurückgebliebenheit auf, war bis zum Mannesalter Analphabet und liebte niemanden. Das erste Symptom von Lebendigkeit ließ er im Alter von zwanzig erkennen, als er sich verliebte und bereit war, eine der Insassinnen von La Divina Pastora zu ehelichen, deren Gesang und Geschrei seine Kindheit eingewiegt hatten. Sie hieß Dulce Olivia. Als einzige Tochter einer Hofsattlerfamilie hatte sie die Kunst der Sattlerei erlernen müssen, damit nicht eine fast zweihundertjährige Tradition mit ihr erlosch. Auf diese seltsame Einmischung in einen Männerberuf wurde zurückgeführt, daß sie den Verstand verlor, und dies auf so üble Weise, daß ihr nur mit Mühe beigebracht werden konnte, nicht den eigenen Kot zu essen. Davon abgesehen wäre sie eine mehr als gute Partie für einen kreolischen Marqués von so schwachem Verstand gewesen.

Dulce Olivia hatte einen lebhaften Geist und ein gutmütiges Wesen, und nicht ohne weiteres war zu erkennen, daß sie verrückt war. Schon als der junge Ygnacio sie das erste Mal im Getümmel auf der Terrasse sah, war sie ihm aufgefallen, und am selben Tag noch verständigten sie sich durch Zeichen. Sie, eine bedeutende Faltkünstlerin, schickte ihm Botschaften auf Papierschwalben. Um ihr antworten zu können, lernte er Lesen und Schreiben, und das war der Beginn einer echten Leidenschaft, die niemand verstehen wollte. Aufgebracht bedrängte der erste Marqués seinen Sohn, ein öffentliches Dementi abzugeben.

»Es ist nicht nur wahr«, erwiderte Ygnacio, »sie hat mir sogar erlaubt, um ihre Hand anzuhalten.« Und dem Argument, sie sei verrückt, hielt er entgegen:

»Kein Verrückter ist verrückt, wenn man seine Gründe gelten läßt.«

Der Vater verbannte ihn auf seine Haciendas mit dem Mandat eines Herrn und Besitzers, das auszuüben Ygnacio sich nicht herabließ. Es war der Tod bei lebendigem Leibe. Ygnacio hatte eine fürchterliche Angst vor allen Tieren, außer den Hühnern. Auf dem Land beobachtete er dann aber ein lebendiges Huhn aus der Nähe, stellte es sich auf das Maß einer Kuh vergrößert vor und merkte, daß es ein Ungetüm war, weit furchterregender als irgendein anderes zu Lande oder zu Wasser. Kalter Schweiß kam ihm in der Dunkelheit, und die gespenstische Stille in den Gehegen ließ ihn bei Morgengrauen nach Luft ringend aufwachen. Der Jagdhund, der, ohne mit den Lidern zu zucken, vor Ygnacios Schlafzimmer wachte, beunruhigte ihn mehr als die anderen Gefahren. Und er sprach es aus: »Lebendig zu sein läßt mich in Angst und Schrecken leben.« In der Verbannung eignete er sich die düstere Art an, das zurückhaltende Auftreten, das kontemplative Wesen, die kraftlosen Gebärden, die schleppende Redeweise und einen Hang zur Mystik, der ihn zu einer Klosterzelle zu verurteilen schien.

Nach einem Jahr der Verbannung weckte ihn ein Geräusch wie von angestiegenen Flüssen, es kam davon, daß das Vieh, querfeldein und absolut still unter dem Vollmond, seine Schlafstätten auf der Hacienda verließ. Ohne Lärm warfen die Tiere alles nieder, was sie auf ihrem geraden Weg über Weiden und durch Rohrfelder, durch Schluchten und Sumpfland behinderte. Voran gingen die Großviehherden und die Last- und Reitpferde, dahinter die Schweine, die Schafe und das Geflügel, ein schauerlicher Zug, der sich in der Nacht verlor. Sogar die fluggewandten Vögel, Tauben eingeschlossen, entfernten sich zu Fuß. Am Morgen verharrte nur der Jagdhund noch auf seinem Wachtposten vor dem Schlafzimmer des Herrn. Das war der Anfang einer fast menschlichen Freundschaft, die den Marqués mit diesem Jagdhund und all dessen Nachfolgern im Haus verband.

Vom Entsetzen auf dem verlassenen Erbhof überwältigt, verzichtete Ygnacio der Jüngere auf seine Liebe und unterwarf sich den Absichten des Vaters. Dem genügte nicht, daß der Sohn die Liebe opferte, er erlegte ihm durch eine Testamentsklausel die Heirat mit der Erbin eines spanischen Granden auf. So kam es, daß er mit einer rauschenden Hochzeit Doña Olalla de Mendoza ehelichte, eine schöne Frau mit großen und vielseitigen Talenten, die er jungfräulich beließ, um ihr nicht einmal die Gnade eines Kindes zu erweisen. Ansonsten lebte er weiterhin so, wie er von Geburt an gelebt hatte: als unnützer Junggeselle.

Doña Olalla de Mendoza führte ihn in die Welt. Mehr um sich zu zeigen, als um der Pflicht zu genügen, gingen sie zum Hochamt, sie in weitschwingenden Baskinen und glanzvollen Umhängen und mit der gestärkten Spitzenmantilla der weißen Kastilierin, gefolgt von einer Schar Sklavinnen, die in Seide gekleidet und mit Gold behängt waren. Statt der Hauspantöffelchen, die selbst die Affektiertesten in der Kirche trugen, kam sie in hohen Stiefeletten aus perlenbesetztem Korduanleder. Anders als die übrigen vornehmen Herren, die altertümliche Perücken und Smaragdknöpfe trugen, kleidete sich der Marqués in einen Anzug aus Baumwolle und trug ein weiches Barett. Er ging jedoch immer gezwungenermaßen zu öffentlichen Anlässen, da es ihm nie gelang, sein Grauen vor dem Gesellschaftsleben zu überwinden.

Doña Olalla war in Segovia Schülerin von Domenico Scarlatti gewesen und hatte mit Auszeichnung die Lehrerlaubnis für Musik und Gesang an Schulen und Klöstern erworben. Sie brachte aus Segovia ein in Einzelteile zerlegtes Klavichord mit, das sie selbst zusammenbaute, und verschiedene Saiteninstrumente, die sie mit großer Meisterschaft spielte und unterrichtete. Sie stellte aus Novizinnen ein Kammerorchester zusammen, das mit neuen Weisen aus Italien, Frankreich und Spanien die Abende im Haus verklärte und von dem es hieß, es sei inspiriert von der Poesie des Heiligen Geistes.

Der Marqués schien unbegabt für die Musik. Man sagte, mit einer französischen Redewendung, er habe die Hände eines Künstlers, doch das Gehör eines Kanoniers. An dem Tag aber, als die Instrumente ausgepackt wurden, warf er sogleich ein Auge auf die italienische Theorbe mit ihrem seltsamen doppelten Wirbelkasten, ihrem großen Griffbrett, den vielen Saiten und dem klaren Ton. Doña Olalla setzte ihren Ehrgeiz darein, daß er die Baßlaute so gut spielen lernte wie sie. Sie verbrachten die Vormittage unter den Bäumen im Garten bei holpernden Übungen, sie mit Geduld und Liebe, er mit der Hartnäckigkeit eines Steinhauers, bis das reuige Madrigal sich ihnen schmerzlos ergab.

Die Musik verbesserte die eheliche Harmonie dermaßen, daß Doña Olalla es wagte, den noch fehlenden Schritt zu tun. In einer Sturmnacht, eine Angst vortäuschend, die sie wohl kaum empfand, begab sie sich in das Schlafgemach des unberührten Gatten.

»Ich bin Herrin über die Hälfte dieses Bettes«, sagte sie zu ihm. »Und ich komme, sie einzufordern.«

Er blieb eisern. Sich dessen gewiß, ihn durch Vernunft oder Gewalt überzeugen zu können, verfolgte sie ihr Ziel weiter. Das Leben gab ihnen keine Zeit. An einem 9. November, als sie ein Duo unter den Orangenbäumen spielten, da die Luft rein und der Himmel hoch und wolkenlos war, wurden sie jäh geblendet, gerieten bei einem seismischen Donnern außer sich, und Doña Olalla sank vom Blitz erschlagen nieder.

Die Stadt war erschüttert und deutete die Tragödie als ein Auflodern des göttlichen Zorns wegen einer nicht beichtbaren Schuld. Der Marqués ordnete ein königliches Begräbnis an, bei dem er sich zum ersten Mal in der schwarzen Trauerkleidung und mit der ungesunden Farbe zeigte, die ihn für immer auszeichnen sollten. Bei der Rückkehr vom Friedhof wurde er davon überrascht, daß kleine Papierschwalben auf die Orangenbäume im Garten herniederschneiten. Er fing eine aufs Geratewohl, entfaltete sie und las: *Dieser Blitz kam von mir.*

Vor Beendigung der Trauernovene hatte er der Kirche die irdischen Güter gestiftet, welche die Größe des Majoratserbes ausgemacht hatten: eine Viehhacienda in Mompox und eine weitere in Ayapel und zweitausend Hektar in dem nur zwei Meilen entfernten Mahates, mit mehreren Gestüten für Zug- und Reittiere, einer Ackerbauhacienda sowie der besten Zuckermühle in der Karibik. Die Legende seines Reichtums gründete sich jedoch auf unermeßliche und müßige Latifundien, deren imaginäre Grenzen sich jenseits der Sümpfe von La Guaripa und dem Tiefland von La Pureza bei den Mangrovenwäldern von Urabá in der Erinnerung verloren. Das einzige, was er behielt, war das Herrenhaus mit dem Gesindehof, der aufs äußerste reduziert wurde, und die Zuckermühle in Mahates.

Das Regiment über das Haus übertrug er Dominga de Adviento. Dem alten Neptuno beließ er seine Kutscherwürde, die ihm der erste Marqués verliehen hatte, und beauftragte ihn mit der Aufsicht über das wenige, was noch für den Hausgebrauch in den Pferdeställen stand.

Zum ersten Mal allein in dem düsteren Anwesen seiner Vorfahren, konnte er bei Dunkelheit kaum schlafen, weil ihm die Angst der adligen Kreolen angeboren war, im Schlaf von den Sklaven umgebracht zu werden. Er wachte plötzlich auf und wußte nicht, ob die fiebrigen Augen, die durch das Oberlicht hereinschauten, von dieser oder einer anderen Welt waren. Er ging auf Zehenspitzen zur Tür, riß sie plötzlich auf und ertappte einen Schwarzen, der ihn durch das Schlüsselloch belauerte. Er hörte sie wie die Tiger durch die Korridore schleichen, nackt und mit Kokosfett eingerieben, damit man sie nicht ergreifen konnte. Verstört von so vielen Ängsten zugleich, befahl er, die Lichter bis zum Morgengrauen brennen zu lassen, vertrieb die Sklaven, die nach und nach die leeren Räume erobert hatten, und brachte die ersten abgerichteten Kampfhunde ins Haus.

Das Portal wurde geschlossen. Die französischen Möbel, deren Samtbezüge von der Feuchtigkeit modrig stanken, wurden ausgemustert, die Gobelins, das Porzellan und die Meisterwerke der Uhrmacherkunst verkauft, und man begnügte sich mit gewebten Hängematten, um sich in den leergeräumten Zimmern von der Hitze abzulenken. Der Marqués ging nicht mehr zu Exerzitien oder Messen, trug nicht mehr das Pallium des Herrn auf den

Prozessionen, beging keine Feiertage und achtete keine Fastenzeit, zahlte jedoch weiter pünktlich seinen Tribut an die Kirche. Er flüchtete sich in die Hängematte, bei der Gluthitze im August manchmal ins Schlafzimmer, zur Siesta fast immer unter die Orangenbäume des Gartens. Die Verrückten bewarfen ihn mit Essensresten und riefen ihm zärtliche Obszönitäten zu, als aber die Regierung ihm anbot, die Anstalt zu verlegen, lehnte er aus Dankbarkeit den Irren gegenüber ab.

Besiegt von den Kränkungen des Umworbenen, tröstete sich Dulce Olivia mit der wehmütigen Erinnerung an das, was nicht gewesen war. Sooft es ging, entkam sie der Divina Pastora durch die Gartenpforte, zähmte und eroberte die Wachhunde mit Lockspeisen und widmete die Stunden des Schlafs dem Haushalt, den sie nie gehabt hatte, fegte die Böden mit einem glückbringenden Basilikumbesen und hängte Knoblauchzöpfe in die Schlafzimmer, um die Moskitos zu vertreiben. Dominga de Adviento, die nichts dem Zufall überließ, starb, ohne herauszubekommen, warum die Korridore sauberer als am Abend in den Tag gingen und warum die Dinge, die sie auf eine bestimmte Art geordnet hatte, am nächsten Morgen anders dalagen. Er war noch nicht ein Jahr lang Witwer, als der Marqués Dulce Olivia erstmals beim Putzen des Küchengeräts ertappte, das ihr die Sklavinnen nicht gut genug pflegten.

»Ich hätte nicht gedacht, daß du so weit gehen würdest«, sagte er.

»Weil du immer noch derselbe arme Teufel bist«, antwortete sie.

So wurde eine verbotene Freundschaft, die immerhin einmal der Liebe geähnelt hatte, wiederaufgenommen. Sie unterhielten sich bis zum Morgengrauen, ohne Illusionen oder Groll, wie ein altes Ehepaar, das zur Routine verdammt ist. Sie glaubten, glücklich zu sein, und waren es vielleicht auch, bis einer von beiden ein Wort zuviel sagte oder einen Schritt zu wenig tat, und die Nacht war durch einen Vandalenstreit verdorben, der die Wachhunde aufbrachte. Dann begann alles von neuem, und Dulce Olivia verschwand für lange Zeit aus dem Haus.

Ihr gestand der Marqués, daß nicht die Frömmigkeit die Ursache für seine Geringschätzung aller irdischen Güter und für sein verändertes Wesen war, sondern vielmehr sein Entsetzen über den jähen Verlust des Glaubens beim Anblick des vom Blitz verkohlten Körpers seiner Frau. Dulce Olivia erbot sich, ihn zu trösten. Sie versprach ihm, im Haus wie im Bett seine ergebene Sklavin zu sein. Er kapitulierte nicht.

»Ich werde nie wieder heiraten«, schwor er.

Doch bevor ein Jahr vergangen war, hatte er heimlich Bernarda Cabrera geheiratet, die Tochter eines Mannes, der unter seinem Vater Aufseher gewesen war und es im Lebensmittelhandel zu etwas gebracht hatte. Sie hatten sich kennengelernt, als Bernarda im Auftrag ihres Vaters die eingelegten Salzheringe und die schwarzen Oliven, für die Doña Olalla eine Schwäche hatte, ins Haus brachte, und als die Gattin dann verstorben war, wurden sie dem Marqués weiter gebracht. Eines Nachmittags, als Bernarda ihn in seiner Hängematte im Garten antraf, las sie ihm das in die Haut geschriebene Schicksal aus der linken Hand. Der Marqués war von der Treffsicherheit ihrer Aussagen so beeindruckt, daß er sie, auch dann wenn er nichts kaufen wollte, weiter zur Siestazeit kommen ließ. Es vergingen jedoch zwei Monate, ohne daß er zu irgend etwas Anstalten machte. Also übernahm sie das für ihn. Überfallartig bestieg sie ihn in seiner Hängematte, knebelte ihn mit dem Rocksaum seines Beduinengewands, bis er nicht mehr konnte. Dann belebte sie ihn wieder mit einer Glut und einer Weisheit, die er sich bei den kümmerlichen Lüsten seiner einsamen Vergnügungen nicht hatte vorstellen können, und raubte ihm ruhmlos seine Unschuld. Er war zweiundfünfzig Jahre alt und sie dreiundzwanzig, doch der Altersunterschied war nicht das Verhängnisvollste.

Sie liebten sich weiter zur Siestazeit, hastig und ohne große Gefühle im engelhaften Schatten der Orangenbäume. Die Verrückten ermunterten sie mit frechen Liedern von den Terrassen aus und feierten ihre Triumphe mit dem Applaus eines Stadions. Bevor der Marqués sich der Gefahren, die ihm drohten, bewußt wurde, riß ihn Bernarda mit der Nachricht, sie sei im zweiten Monat schwanger, aus seiner Betäubung. Sie erinnerte ihn daran, daß sie keine Schwarze war, sondern die Tochter eines hispanisierten Indios und einer Weißen aus Kastilien, folglich könne ihre Ehre nur mit der Nadel einer förmlichen Ehe wieder geflickt werden. Er hielt sie hin, bis ihr Vater, mit einer altertümlichen Arkebuse über der Schulter, zur Siestazeit an das Tor klopfte. Er sprach langsam und mit sanften Gebärden, und er übergab dem Marqués die Waffe, ohne ihm dabei ins Gesicht zu sehen.

»Wißt Ihr, was das ist, Herr Marqués?« fragte er ihn.

Der Marqués, die Waffe in den Händen, wußte nicht, was er damit anfangen sollte.

»Soweit meine Kenntnisse reichen, ist das, glaube ich, eine Arkebuse«, sagte er. Und fragte wahrhaft verwundert: »Wofür gebrauchen Sie die?«

»Um mich gegen die Piraten zu verteidigen, Herr«, sagte der Indio und schaute ihm immer noch nicht ins Gesicht. »Jetzt habe ich sie mitgebracht, damit Euer Ehren mir die Gnade erweisen, mich zu töten, bevor ich Euch töte.«

Er sah ihm ins Gesicht. Er hatte traurige und stumme kleine Augen, doch der Marqués verstand, was sie nicht sagten. Er gab ihm die Arkebuse zurück und bat ihn herein, um die Abmachung zu treffen. Der Pfarrer einer nahen Kirche traute das Paar zwei Tage später im Beisein der Brauteltern und Trauzeugen. Danach kam Sagunta von irgendwoher und bekränzte die Frischvermählten mit Glücksgirlanden.

An einem Morgen später Regenfälle kam Sierva María de Todos los Ángeles im Zeichen des Schützen als Siebenmonatskind recht und schlecht auf die Welt. Sie erinnerte an eine farblose Kaulquappe und wäre fast von der um den Hals gewickelten Nabelschnur stranguliert worden.

»Ein Mädchen«, sagte die Hebamme. »Aber es wird nicht leben.«

Damals gelobte Dominga de Adviento ihren Heiligen, das Mädchen werde sich bis zur Hochzeitsnacht nicht das Haar schneiden, wenn sie ihm die Gnade des Lebens erwiesen. Sie hatte das kaum gelobt, als das Kind zu schreien begann. Dominga de Adviento rief jubelnd aus: »Sie wird eine Heilige!« Der Marqués war, als er die schon gewaschene und gewickelte Tochter kennenlernte, weniger hellsichtig.

»Sie wird eine Dirne«, sagte er. »Wenn Gott ihr Leben und Gesundheit schenkt.«

Das Mädchen, Tochter eines Adligen und einer Plebejerin, hatte die Kindheit einer Ausgesetzten. Nachdem die Mutter ihm ein einziges Mal die Brust gegeben hatte, haßte sie das Kind und wollte es, aus Angst es zu töten, nicht bei sich behalten. Dominga de Adviento stillte Sierva María, taufte sie in Christo und weihte sie Olokun, einer Yorubagottheit von ungewissem Geschlecht und einem angeblich so furchterregenden Antlitz, daß sie sich nur in Träumen und auch dann immer nur mit einer Maske sehen läßt. In den Patio der Sklaven abgeschoben, lernte Sierva María tanzen, bevor sie sprechen konnte, lernte drei afrikanische Sprachen gleichzeitig, lernte auf nüchternen Magen Hahnenblut zu trinken und sich ungesehen und ungehört wie ein körperloses Wesen zwischen den Christen zu bewegen. Dominga de Adviento umgab sie mit einem fröhlichen Hofstaat schwarzer Sklavinnen, dienstbarer Mestizinnen und indianischer Mägde, die sie in bekömmlichen Wassern badeten, mit Verbenen der Yemayá entschlackten und ihre füllige Haarmähne, die der Fünfjährigen bis zur Taille reichte, wie einen Rosenstrauch pflegten. Nach und nach hängten ihr die Sklavinnen die Ketten verschiedener Götter um, sechzehn an der Zahl.

Bernarda hatte mit fester Hand die Herrschaft im Hause übernommen, indes der Marqués im Garten dahinvegetierte. Als erstes bemühte sie sich darum, das von ihrem Mann verteilte Vermögen von neuem aufzubauen, und sie stützte sich dabei auf die Privilegien des ersten Marqués. Dieser hatte seinerzeit Lizenzen für den Verkauf von fünftausend Sklaven in acht Jahren erhalten und die Verpflichtung übernommen, für jeden einzelnen zwei Faß Mehl zu importieren. Dank seiner virtuosen Schwindeleien und der Bestechlichkeit der Zöllner konnte er nicht nur das vereinbarte Mehl, sondern noch dreitausend Sklaven zusätzlich als Konterbande verkaufen, was aus ihm den erfolgreichsten Handelsmann des Jahrhunderts gemacht hatte.

Bernarda aber kam auf die Idee, daß nicht mit den Sklaven, sondern mit dem Mehl ein gutes Geschäft zu machen sei, das ganz große Geschäft jedoch war ihre unglaubliche Überzeugungskraft. Mit einer einzigen Lizenz, tausend Sklaven in vier Jahren zu importieren, dazu drei Faß Mehl für jeden einzelnen, machte sie den Schnitt ihres Lebens: Sie verkaufte vertragsgemäß tausend Neger, doch statt der dreitausend Faß Mehl führte sie zwölftausend ein. Der größte Schmuggel des Jahrhunderts.

Die Hälfte der Zeit verbrachte sie damals in der Zuckermühle bei Mahates, von wo aus sie zentral ihre Geschäfte betrieb, denn der Río Grande de la Magdalena, über den jedweder Handel mit dem Inneren des Vizekönigreichs lief, war nah. Zum Haus des Marqués drangen vereinzelt Nachrichten von ihrer Prosperität, über die sie keinem Rechenschaft ablegte. Während der Zeit aber, die sie hier zubrachte, glich sie, auch noch vor den Krisen, einem der eingesperrten Jagdhunde. Dominga de Adviento drückte es besser aus: »Sie trug den Arsch hoch.«

Sierva María hatte nach dem Tod ihrer Sklavin zum ersten Mal einen festen Platz im Haus. Man richtete für sie das herrliche Schlafgemach her, in dem die erste Marquesa gewohnt hatte. Ein Hauslehrer wurde für sie bestellt, der ihr Lektionen in europäischem Spanisch erteilte sowie Kenntnisse in Arithmetik und Naturwissenschaften vermittelte. Er versuchte, ihr Lesen und Schreiben beizubringen. Sie weigerte sich, weil sie, wie sie sagte, die Buchstaben nicht verstand. Eine weltliche Lehrerin führte sie in die Musik ein. Das Mädchen zeigte Interesse und guten Geschmack, hatte aber keine Geduld, irgendein Instrument zu erlernen. Die Lehrerin gab bekümmert auf und sagte dem Marqués zum Abschied:

»Es ist nicht so, daß das Kind zu nichts befähigt wäre, es ist nur nicht von dieser Welt.«

Bernarda hatte ihren Groll mäßigen wollen, sehr bald aber war offensichtlich, daß die Schuld weder bei der einen noch der anderen lag, sondern in beider Natur. Bernarda lebte in Todesangst, seitdem sie bei der Tochter gewisse geisterhafte Züge entdeckt hatte. Sie zitterte bei dem bloßen Gedanken an den Augenblick, da sie hinter sich schauen und die unergründlichen Augen des schmächtigen Wesens sehen würde, das in duftigen Schleiern und mit der wilden Mähne dastand, die schon bis zu den Kniekehlen reichte. »Kind«, schrie sie, »ich verbiete dir, mich so anzusehen!« Wenn sie gerade ganz auf ihre Geschäfte konzentriert war, spürte sie im Nacken den zischelnden Atem einer lauernden Schlange und sprang vor Entsetzen auf.

»Kind!« schrie sie. »Klopf an, bevor du hereinkommst!«

Das Mädchen steigerte Bernardas Angst durch eine Litanei in der Yorubasprache. Nachts war es noch schlimmer, denn Bernarda wachte plötzlich mit dem Gefühl auf, jemand habe sie berührt, und dann stand das Mädchen an ihrem Fußende und hatte ihr beim Schlafen zugesehen. Der Versuch mit der Schelle am Handgelenk erwies sich als vergeblich, sie klingelte nicht, da Sierva María sich so behutsam bewegte. »Von einer Weißen hat dieses Geschöpf nur die Farbe«, sagte die Mutter. Das war insofern richtig, als das Mädchen sich sogar einen afrikanischen Namen ausgedacht hatte, den sie abwechselnd mit dem eigenen benutzte: María Mandinga.

An einem frühen Morgen kam es zur Krise in der Beziehung. Bernarda war wahnsinnig vor Durst nach ihren Kakaoexzessen aufgewacht und sah in der Tiefe des Tonkrugs eine Puppe von Sierva María schwimmen. Für sie war das nicht schlicht eine Puppe, die im Wasser schwamm, sondern etwas Schauerliches: eine tote Puppe.

Überzeugt davon, daß es sich um eine afrikanische Hexerei von Sierva María gegen sie handele, entschied sie, daß im Haus nicht für sie beide Platz sei. Der Marqués versuchte schüchtern zu vermitteln, aber sie unterbrach ihn schroff: »Entweder sie oder ich.« Also kehrte Sierva María wieder in den

Schuppen der Sklavinnen zurück, und lebte auch dann dort, wenn ihre Mutter auf der Zuckermühle war. Das Mädchen blieb so verschlossen wie von Geburt an und völlige Analphabetin.

Bernarda aber ging es deshalb nicht besser. Sie hatte versucht, Judas Iscariote zu halten, indem sie sich ihm anglich, und dabei glitten ihr in weniger als zwei Jahren die Geschäfte und sogar das Leben aus der Hand. Sie verkleidete Judas als nubischen Piraten, als Herz-As, als König Melchior und nahm ihn in die Außenstadt mit, vor allem wenn die Galeonen vor Anker lagen und die Stadt in einem halbjährigen Festtagstaumel aufging. Außerhalb der Stadtmauern wurden improvisierte Tavernen und Bordelle für die Kaufleute errichtet, die aus Lima, Portobelo, Havanna und Veracruz kamen und einander die Stoffe und Waren aus der ganzen entdeckten Welt streitig machten. Eines Nachts, mitgenommen von dem Besäufnis in einer Schenke der Galeerensklaven, kam Judas mit großer Geheimnistuerei zu Bernarda.

»Augen zu, Mund auf«, sagte er.

Sie gehorchte, und er legte ihr ein Täfelchen der magischen Schokolade aus Oaxaca auf die Zunge. Bernarda erkannte den Geschmack und spuckte aus, denn sie hatte seit ihrer Kindheit einen besonderen Widerwillen gegen Kakao. Judas überzeugte sie davon, daß es ein heiliger Stoff sei, der das Leben fröhlich mache, die Kraft steigere, die Stimmung verbessere und den Geschlechtstrieb kräftige.

Bernarda lachte donnernd.

»Wenn dem so wäre, müßten die Nönnchen von Santa Clara wahre Kampfstiere sein«, sagte sie.

Sie war bereits dem gegorenen Honig verfallen, den sie mit ihren Schulfreundinnen schon vor der Heirat genossen hatte und auch später weiter genoß, nicht nur mit der Zunge, sondern mit allen fünf Sinnen in der heißen Luft der Zuckermühle. Von Judas lernte sie, Tabak und in Yarumoasche gewälzte Kokablätter zu kauen, wie die Indios der Sierra Nevada. In den Tavernen probierte sie indisches Cannabis, zypriotisches Terpentin, Peyote aus Real de Catorce und mindestens einmal Opium von den philippinischen Händlern der Manila-Galeone. Sie war jedoch nicht taub für Judas' Erklärung zugunsten des Kakaos. Als sie alles andere hinter sich gelassen hatte, erkannte sie dessen Vorzüge und zog ihn allem anderen vor. Judas wurde zum Dieb, zum Kuppler, gelegentlich zum Strichjungen, und alles ohne Not, denn es fehlte ihm an nichts. In einer unseligen Nacht trat er wegen eines Streits beim Kartenspiel mit bloßen Händen gegen drei Ruderer der Flotte an, die ihn vor Bernardas Augen mit Stühlen erschlugen.

Bernarda flüchtete sich auf die Zuckermühle. Das Haus trieb steuerlos dahin, und wenn es nicht schon damals Schiffbruch erlitt, dann war das nur der bewährten Hand von Dominga de Adviento zu danken, die nun Sierva María aufzog, wie ihre Götter es wollten. Der Marqués wußte kaum etwas vom Zusammenbruch seiner Frau. Von der Zukkermühle kamen Gerüchte, daß Bernarda im Zustand des Deliriums lebe, daß sie Selbstgespräche führe, daß sie die bestbestückten Sklaven auswähle, um sie sich in römischen Nächten mit den ehemaligen Schulfreundinnen zu teilen. Das Vermögen, über das Wasser gekommen, ging mit dem Wasser wieder dahin, und sie war den Honigschläuchen und den Kakaosäcken ausgeliefert, die sie hier und dort versteckt hatte, um keine Zeit zu verlieren, wenn die Gier sie überkam. Das einzig Sichere, was ihr noch blieb, waren zwei Tonkrüge voll mit Hunderter- und Viererdublonen aus reinem Gold, die sie in fetten Jahren unter dem Bett vergraben hatte. Sie war so heruntergekommen, daß nicht einmal ihr Mann sie erkannte, als sie nach drei vollen Jahren das letzte Mal aus Mahates zurückkehrte, kurz bevor der Hund Sierva María biß.

MITTE MÄRZ SCHIEN DIE Tollwutgefahr gebannt zu sein. Der Marqués, seinem Schicksal dankbar, nahm sich vor, Vergangenes zu korrigieren und das Herz seiner Tochter nach dem von Abrenuncio empfohlenen Glücksrezept zu erobern. Er widmete ihr seine ganze Zeit. Er wollte lernen, sie zu kämmen und den Zopf zu flechten. Er versuchte, ihr beizubringen, eine richtige Weiße zu sein, versuchte für sie, seine gescheiterten Träume eines adligen Kreolen neu zu beleben, ihr die Vorliebe für marinierten Leguan und Gürteltiereintopf abzugewöhnen. Er unternahm fast alles, nur fragte er sich nicht, ob sie auf diese Art glücklich zu machen war.
Abrenuncio besuchte weiterhin das Haus. Es war nicht leicht für ihn, sich mit dem Marqués zu verständigen, aber dessen Unbekümmertheit in einem von der Inquisition eingeschüchterten Vorhof der Welt beschäftigte ihn. So vergingen ihnen die Hitzemonate, Abrenuncio redete, ohne gehört zu werden, unter den blühenden Orangenbäumen, und der Marqués faulte in seiner Hängematte dahin,

tausenddreihundert Seemeilen entfernt von einem König, der nie von ihm gehört hatte. Bei einem dieser Besuche wurden sie von Bernardas trostlosem Klagen unterbrochen.

Abrenuncio wurde unruhig. Der Marqués stellte sich taub, aber der nächste Klagelaut war so herzzerreißend, daß er ihn nicht ignorieren konnte.

»Wer auch immer das ist, er braucht einen Respons«, sagte Abrenuncio.

»Es ist meine Frau aus zweiter Ehe«, sagte der Marqués.

»Nun, ihre Leber ist zerstört«, sagte Abrenuncio.

»Woher wissen Sie das?«

»Weil sie mit offenem Mund ächzt«, sagte der Arzt.

Er stieß ohne Erlaubnis die Tür auf und versuchte, Bernarda im Halbdunkel des Zimmers zu erkennen, aber sie lag nicht im Bett. Er rief ihren Namen, und sie antwortete nicht. Dann öffnete er das Fenster, und das metallische Vier-Uhr-nachmittags-Licht zeigte sie ihm nackt und bloß und kreuzförmig am Boden hingestreckt, umgeben von einer Aura tödlicher Blähungen. Ihre Haut hatte die fahle Farbe wie bei akuter Gallsucht. Geblendet von dem plötzlich geöffneten Fenster, hob sie den Kopf, erkannte den Arzt im Gegenlicht aber nicht. Ihm genügte ein Blick, um ihr Schicksal vor sich zu sehen.

»Das Käuzchen ruft nach dir, meine Tochter«, sagte er.

Er erklärte ihr, daß es für eine Rettung noch nicht zu spät sei, falls sie sich sofort einer blutreinigenden Kur unterzöge. Bernarda erkannte ihn, richtete sich so weit auf, wie sie konnte, und brach in Beschimpfungen aus. Abrenuncio ließ diese ungerührt über sich ergehen, während er das Fenster wieder schloß. Bevor er das Haus verließ, blieb er noch einmal bei der Hängematte des Marqués stehen und präzisierte die Prognose:

»Die Frau Marquesa stirbt spätestens am 15. September, wenn sie sich nicht vorher an einem Balken aufhängt.«

Der Marqués sagte gleichmütig:

»Schlimm daran ist nur, daß der 15. September noch so fern ist.«

Er setzte die Glückstherapie bei Sierva María fort. Vom Berg San Lázaro aus sahen sie im Osten auf die weiten Todessümpfe und im Westen die riesige rote Sonne in den flammenden Ozean sinken. Sie fragte ihn, was auf der anderen Seite des Meeres liege, und er antwortete ihr: »Die Welt.« Auf jede seiner Bemühungen erlebte er bei dem Mädchen eine unerwartete Resonanz. Eines Nachmittags sahen sie am Horizont, mit berstenden Segeln, die Galeonenflotte.

Die Stadt verwandelte sich. Vater und Tochter erfreuten sich an den Marionetten, den Feuerschluckern, den unzähligen Jahrmarktsneuigkeiten, die in jenem April der guten Vorzeichen in den Hafen gekommen waren. Sierva María lernte in zwei Monaten mehr über die Angelegenheiten der Weißen als je zuvor. Bei dem Versuch, eine andere aus ihr zu machen, verwandelte sich auch der Marqués, und zwar auf so radikale Weise, daß es sich nicht um einen Wandel in seinem Verhalten, sondern um eine Veränderung seines Wesens zu handeln schien.

Das Haus füllte sich mit all den aufziehbaren Tänzerinnen, Spieldosen und mechanischen Uhrwerken, die es auf den Jahrmärkten Europas zu sehen gab. Der Marqués entfernte den Staub von der italienischen Theorbe. Er bespannte sie und stimmte sie mit einer Ausdauer, die nur mit Liebe zu erklären war, und begleitete sich wieder bei den Liedern von ehedem, sang sie mit der schönen Stimme und dem schlechten Gehör, denen weder die Jahre noch die trüben Erinnerungen etwas hatten anhaben können. In jenen Tagen fragte Sierva María ihn, ob es wahr sei, was die Lieder sagten, daß die Liebe alles kann.

»Das ist wahr«, antwortete er, »aber du tust gut daran, es nicht zu glauben.«

Glücklich über die guten Neuigkeiten, begann der Marqués eine Reise nach Sevilla zu erwägen, damit Sierva María sich von ihrem verschwiegenen Kummer erholen und ihre Erziehung für die Welt vollenden könne. Reisedatum und Route waren schon festgelegt, als Caridad del Cobre ihn mit der brutalen Nachricht aus der Siesta riß:

»Meine arme Kleine, Señor, jetzt wird sie ein Hund.«

Eilig herbeigerufen, bestritt Abrenuncio den volkstümlichen Aberglauben, daß die Tollwütigen sich schließlich dem Tier anglichen, von dem sie gebissen worden waren. Er stellte fest, daß das Mädchen etwas Fieber hatte, und obgleich das Fieber als Krankheit für sich und nicht als Symptom anderer Erkrankungen angesehen wurde, ging er nicht darüber hinweg. Er wies den besorgten Herrn darauf hin, daß das Mädchen nicht vor jeder Krankheit

gefeit sei, da der Biß eines Hundes, ob tollwütig oder nicht, gegen nichts immunisiere. Wie immer gab es nur ein Mittel: warten. Der Marqués fragte:
»Ist das alles, was Sie mir sagen können?«
»Die Wissenschaft macht es mir nicht möglich, Ihnen mehr zu sagen«, erwiderte der Arzt mit gleicher Bitterkeit. »Aber wenn Sie mir nicht glauben, dann haben Sie noch einen Ausweg: Vertrauen Sie auf Gott.«
Der Marqués begriff nicht.
»Ich hätte schwören können, daß Sie ungläubig sind«, sagte er.
Der Arzt drehte sich nicht einmal mehr nach ihm um:
»Was wäre ich lieber, Señor.«
Der Marqués vertraute nicht auf Gott, sondern vertraute jedem, der ihm irgendwie Hoffnung machte. In der Stadt gab es drei weitere studierte Ärzte, sechs Apotheker, elf Barbiere, die zur Ader ließen, und eine ungezählte Menge von Wunderheilern und Hexenmeistern, obgleich die Inquisition in den letzten fünfzig Jahren tausenddreihundert zu unterschiedlichen Strafen verurteilt und sieben auf dem Scheiterhaufen verbrannt hatte. Ein junger Arzt aus Salamanca öffnete Sierva Marías vernarbte Wunde und legte ihr kaustische Pflaster auf, um die unreinen Leibessäfte abzuleiten. Ein anderer versuchte das gleiche mit Blutegeln auf dem Rücken zu erreichen. Ein Bader wusch ihr die Wunde mit ihrem eigenen Urin, und wieder ein anderer ließ sie den Urin trinken. Nach zwei Wochen hatte sie täglich zwei Kräuterbäder und zwei lösende Einläufe ertragen und war mit einem Trunk aus natürlichem

Spießglanz und anderen tödlichen Suden bis an den Rand der Agonie gebracht worden.

Das Fieber ging zurück, doch niemand wagte die Behauptung, daß die Tollwut gebannt sei. Sierva María hatte das Gefühl zu sterben. Am Anfang hatte sie alles mit ungebrochenem Stolz ertragen, aber nach zwei ergebnislosen Wochen hatte sie ein feuriges Geschwür am Knöchel, die Haut war von Senfumschlägen und Blasenpflastern wund und der Magen rohes Fleisch. Sie hatte alles durchlitten: Schwindel, Konvulsionen, Krämpfe, Delirien, Darm- und Blasenschwäche, und sie wälzte sich vor Schmerz und Wut jaulend am Boden. Selbst die kühnsten Wunderheiler überließen sie ihrem Schicksal, überzeugt davon, daß sie verrückt oder von Dämonen besessen sei. Der Marqués hatte jede Hoffnung verloren, als Sagunta mit dem Schlüssel des heiligen Hubertus erschien.

Das war das Ende. Sagunta warf ihre Laken ab und schmierte sich mit Salben der Indios ein, um sodann ihren Körper an dem des nackten Mädchens zu reiben. Sierva María, obwohl völlig geschwächt, wehrte sich mit Händen und Füßen, so daß Sagunta sie mit Gewalt bezwingen mußte. Bernarda hörte von ihrem Zimmer aus die wahnwitzigen Schreie. Sie rannte herbei, um zu sehen, was da vor sich ging, und fand Sierva María um sich schlagend am Boden und auf ihr, in die kupferne Haarflut gehüllt, heulte Sagunta das Gebet an den heiligen Hubertus. Bernarda peitschte beide mit den Schnüren der Hängematte aus. Erst lagen sie am Boden, zusammengekrümmt ob des überraschenden Angriffs, dann jagte Bernarda ihnen in alle Winkel nach, bis ihr die Luft ausging.

Der Bischof der Diözese, Don Toribio des Cáceres y Virtudes, alarmiert von der öffentlichen Erregung über Sierva Marías Ausfälle und Verirrungen, ließ dem Marqués eine Vorladung zukommen, ohne nähere Angabe von Grund, Datum oder Stunde, was als Zeichen höchster Dringlichkeit gedeutet wurde. Der Marqués setzte sich über die Ungewißheit hinweg und erschien noch am selben Tag ohne Anmeldung.

Der Bischof hatte sein Amt angetreten, als der Marqués sich bereits aus dem öffentlichen Leben zurückgezogen hatte, und so hatten sie sich kaum gesehen. Im übrigen war er ein mit schlechter Gesundheit gestrafter Mann, wegen seiner stentorhaften Leibesfülle auf Hilfe angewiesen und von bösartigem Asthma ausgehöhlt, was seinen Glauben auf die Probe stellte. Bei zahlreichen offiziellen Feiertagen, bei denen seine Abwesenheit undenkbar schien, war er nicht erschienen, und bei den wenigen, zu denen er kam, hielt er in einer Weise auf Distanz, die ihn nach und nach zu einem unwirklichen Wesen machte.

Der Marqués hatte den Bischof einige Male gesehen, immer aus der Ferne und in aller Öffentlichkeit, in Erinnerung war ihm jedoch eine von mehreren Geistlichen konzelebrierte Messe geblieben, zu der amtliche Würdenträger den Bischof unter dem Pallium und in einer Sänfte gebracht hatten. Wegen seines riesigen Körpers und seines aufwendigen Ornats erschien er auf den ersten Blick wie ein Koloß von einem Greis, das bartlose Gesicht mit den klar geschnittenen Zügen und seltsam grünen Augen hatte jedoch eine alterslose Schönheit bewahrt. Erhöht durch die Sänfte, hatte er den magischen Nimbus eines Papstes, und wer ihn näher kannte, nahm diesen Nimbus auch im Glanz seiner Weisheit und in seinem Machtbewußtsein wahr.

Der Palast, in dem er lebte, war der älteste in der Stadt, riesige Räume in zwei halbverfallenen Stockwerken, von denen der Bischof nicht einmal die Hälfte des einen bewohnte. Der Palast lag neben der Kathedrale und hatte mit ihr einen gemeinsamen Kreuzgang aus geschwärzten Bogen und einen Patio mit einem verfallenen Brunnen zwischen wüstenhaftem Gestrüpp. Sogar die imposante Fassade aus behauenem Stein und die massiven Holzportale wiesen die Schäden der Vernachlässigung auf.

Der Marqués wurde am Haupttor von einem indianischen Diakon empfangen, verteilte sparsam Almosen unter den Grüppchen von Bettlern, die im Eingangsbereich auf den Knien vor ihm rutschten, und betrat das kühle Halbdunkel des Hauses gerade in dem Augenblick, als in der Kathedrale die Glocken geläutet wurden, und in seinen Eingeweiden hallten die ungeheuren Schläge der vierten Nachmittagsstunde nach. Der Mittelgang war so dunkel, daß er dem Diakon folgte, ohne ihn zu sehen, und er mußte sich jeden Schritt überlegen, um nicht gegen ungeschickt aufgestellte Statuen und herumliegendes Gerümpel zu stoßen. Am Ende des Ganges befand sich ein kleiner Vorsaal, der von einem Oberlicht besser erleuchtet war. Der Diakon blieb dort stehen, bedeutete dem Marqués, sich zu setzen und zu warten, und verschwand durch eine Verbindungstür. Der Marqués blieb stehen und betrachtete auf der Hauptwand das große Ölbildnis eines jungen Soldaten in der Galauniform der Fähnriche des Königs. Erst als er die Messingplakette auf dem Rahmen entzifferte, wurde ihm klar, daß es sich um ein Bild des jungen Bischofs handelte.

Der Diakon öffnete die Tür, um ihn hereinzubitten, und der Marqués mußte sich nicht von der Stelle rühren, um den Bischof noch einmal zu sehen, vierzig Jahre älter als auf dem Bild. Obwohl vom Asthma erschöpft und von der Hitze besiegt, war er noch weit größer und imposanter, als behauptet wurde. Er schwitzte in Strömen und wiegte sich sehr langsam in dem philippinischen Schaukelstuhl, bewegte kaum einen Palmenfächer und hatte den Körper nach vorne gebeugt, um besser atmen zu können. Er trug bäuerliche Sandalen und einen Kittel aus grobem Leinen mit von der vielen Seife blanken Stellen. Daß seine Armut ehrlich war, sah man auf den ersten Blick. Das Auffallendste war jedoch die Reinheit seiner Augen, die sich nur durch ein Privileg der Seele erklären ließ. Sobald er den Marqués in der Tür erblickte, hörte er auf, sich zu schaukeln, und machte ein freundliches Zeichen mit dem Fächer.

»Komm herein, Ygnacio«, sagte er. »Dies ist dein Haus.«

Der Marqués trocknete sich die schweißnassen Hände an der Hose ab, schritt durch die Tür und stand im Freien auf einer Terrasse unter einem Pallium aus gelben Glockenblumen und hängenden Farnen und sah die Türme aller Kirchen, die roten

Dächer der vornehmsten Häuser, die von der Hitze schläfrigen Taubenschläge, die militärischen Befestigungen, abgehoben gegen einen Himmel aus Glas, und das glühende Meer. Der Bischof streckte absichtsvoll seine Soldatenhand aus, und der Marqués küßte den Ring.

Wegen des Asthmas atmete der Bischof schwer und rasselnd, und seine Sätze wurden von unpassenden Seufzern und einem rauhen kurzen Husten gestört, aber nichts davon schadete seiner Beredsamkeit. Er begann sofort einen ungezwungenen Austausch über alltägliche Kleinigkeiten. Der Marqués, der vor ihm saß, war dankbar für diese tröstliche Präambel, die so reichhaltig und ausgedehnt geriet, daß beide vom Fünfuhrläuten überrascht wurden. Es handelte sich weniger um einen Klang als um eine Erschütterung, die das Nachmittagslicht beben ließ, und der Himmel füllte sich mit erschrockenen Tauben.

»Es ist fürchterlich«, sagte der Bischof. »Jede Stunde hallt wie ein Erdbeben in meinen Eingeweiden.«

Der Satz verblüffte den Marqués, denn genau das hatte er beim Vieruhrläuten gedacht. Dem Bischof schien die Übereinstimmung nur natürlich. »Die Gedanken gehören niemandem«, sagte er. Er zeichnete eine Reihe zusammenhängender Kreise mit dem Zeigefinger in die Luft und schloß:

»Sie schweben irgendwo umher, wie die Engel.«

Eine Nonne bediente sie und brachte in einer Karaffe gehackte Früchte in schwerem Wein und eine Schüssel dampfendes Wasser, das die Luft mit einem Geruch nach Medizin erfüllte. Mit geschlossenen Augen sog der Bischof den Dampf ein, und als er aus der Entrückung wiederkehrte, war er ein anderer und völlig Herr seiner Autorität.

»Wir haben dich kommen lassen«, sagte er zu dem Marqués, »weil wir wissen, daß du Gottes bedürftig bist, es aber nicht wahrhaben willst.«

Seine Stimme hatte die Klangfarbe einer Orgel verloren, und die Augen hatten ihren irdischen Glanz zurückgewonnen. Der Marqués trank in einem Zug das halbe Glas Wein, um sich einzustimmen.

»Euer Hochwürden wissen wohl, daß mich das größte Unglück, das einem Menschenwesen widerfahren kann, belastet«, sagte er mit entwaffnender Demut. »Ich habe aufgehört zu glauben.«

»Wir wissen das, mein Sohn«, erwiderte der Bischof ohne Erstaunen. »Wie sollten wir es nicht wissen!«

Er sagte es mit einer gewissen Freude, denn auch er hatte zwanzigjährig, als Fähnrich des Königs in Marokko, inmitten einer tobenden Schlacht den Glauben verloren. »Es war die schlagartige Gewißheit, daß Gott aufgehört hatte zu sein«, sagte er. Voller Entsetzen hatte er sich einem Leben des Gebets und der Buße hingegeben.

»Bis Gott sich meiner erbarmte und mir den Weg der Berufung wies«, schloß er. »Das Wesentliche ist also nicht, daß du nicht glaubst, sondern daß Gott weiter an dich glaubt. Und daran gibt es keinen Zweifel, denn Er in seiner unendlichen Fürsorge hat uns erleuchtet, dir diese Linderung angedeihen zu lassen.«

»Ich hatte mein Unglück in aller Stille überwinden wollen«, sagte der Marqués.

»Das ist dir schlecht gelungen«, sagte der Bischof. »Es ist ein schreiendes Geheimnis, daß deine arme Tochter sich in obszönen Konvulsionen am Boden wälzt und das Kauderwelsch von Götzendienern jault. Sind das nicht untrügliche Zeichen dämonischer Besessenheit?«

Der Marqués war entsetzt.

»Was wollt Ihr damit sagen?«

»Daß es zu den vielen Listen des Dämons gehört, in der Erscheinung einer widerwärtigen Krankheit in einen unschuldigen Körper zu fahren«, sagte er. »Und ist der Dämon erst einmal darinnen, kann keine menschliche Macht ihn wieder austreiben.«

Der Marqués erklärte die medizinischen Fährnisse des Hundebisses, doch der Bischof fand immer eine Erklärung, die seinen Standpunkt unterstützte. Er fragte, was er zweifellos nur zu gut wußte:

»Weißt du, wer Abrenuncio ist?«

»Er war der erste Arzt, der das Mädchen untersucht hat«, sagte der Marqués.

»Das wollte ich aus deinem eigenen Munde hören«, sagte der Bischof.

Er läutete ein Glöckchen, das er in Reichweite hatte, und sogleich erschien, wie der Geist aus der Flasche, ein gut dreißig Jahre alter Priester. Der Bischof stellte ihn als Pater Cayetano Delaura vor, nicht mehr, und hieß ihn Platz nehmen. Der Pater trug eine Haussoutane für heiße Tage und die gleichen Sandalen wie der Bischof. Bleich und von einer starken Ausstrahlung, hatte er lebhafte Augen und tiefschwarzes Haar mit einer weißen Strähne über der Stirn. Sein schneller Atem und seine fiebrigen Hände ließen nicht auf einen glücklichen Menschen schließen.

»Was wissen wir über Abrenuncio?« fragte ihn der Bischof.

Pater Delaura mußte nicht lange nachdenken. »Abrenuncio de Sa Pereira Cão«, sagte er, gleichsam den Namen buchstabierend. Und wandte sich dann sofort an den Marqués: »Haben Sie bemerkt, Herr Marqués, daß der letzte Nachname in der Sprache der Portugiesen Hund bedeutet?«

Genaugenommen, fuhr Delaura fort, wisse man nicht, ob das sein wirklicher Name sei. Nach den Unterlagen des Heiligen Offiziums sei er ein portugiesischer Jude, von der iberischen Halbinsel verbannt und hier unter dem Schutz eines dankbaren Gouverneurs, dem er einen zweipfündigen Hodenbruch mit den reinigenden Wässern von Turbaco geheilt hatte. Der Pater sprach über Abrenuncios magische Rezepturen, von der Hoffart, mit der er den Tod voraussagte, von seiner mutmaßlich päderastischen Veranlagung, von seiner libertinen Lektüre, von seinem Leben ohne Gott. Der einzige konkrete Vorwurf jedoch, der gegen ihn vorlag, war, einen Flickschneider aus Getsemaní wiedererweckt zu haben. Ernst zu nehmende Zeugen hatten ausgesagt, daß dieser bereits im Totenhemd im Sarg gelegen hatte, als Abrenuncio ihm befahl aufzustehen. Zum Glück bestätigte der Wiedererweckte selbst vor dem Heiligen Offizium, daß er in keinem Augenblick das Bewußtsein verloren hatte. »Er hatte ihn damit vor dem Scheiterhaufen gerettet«, sagte Delaura. Zuletzt sprach er den Vorfall mit dem Pferd an, das auf dem Berg San Lázaro gestorben und in heiliger Erde begraben worden war.

»Er liebte es wie ein menschliches Wesen«, brachte der Marqués vor.

»Das war ein Affront gegen unseren Glauben, Herr Marqués«, sagte Delaura. »Hundertjährige Pferde sind nicht Gottes Ding.«

Es beunruhigte den Marqués, daß ein privater Scherz bis in die Archive des Heiligen Offiziums gelangt war. Er versuchte eine schüchterne Verteidigung: »Abrenuncio ist ein Lästermaul, aber ich glaube in aller Bescheidenheit, daß von dort bis zur Ketzerei ein gutes Stück Weges liegt.« Die Diskussion wäre bitter und endlos geworden, wenn der Bischof sie nicht wieder in die richtige Richtung gelenkt hätte.

»Was auch immer die Ärzte meinen«, sagte er, »die Tollwut bei Menschen pflegt eine der vielen Kriegslisten des Feindes zu sein.«

Der Marqués begriff nicht. Die Erklärung des Bischofs war derart dramatisch, daß sie wie das Präludium zu einer Strafe im ewigen Feuer wirkte.

»Zum Glück«, schloß der Bischof, »hat uns Gott die Mittel gegeben, die Seele deines Kindes zu retten, auch wenn der Körper unwiederbringlich verloren ist.«

Die einbrechende Nacht legte sich beklemmend auf die Welt. Der Marqués sah den ersten Stern am Malvenhimmel und dachte an seine Tochter, sah sie allein in dem heruntergekommenen Haus, wie sie ihren von den Kurpfuschern malträtierten Fuß nachzog. Er fragte mit seiner natürlichen Bescheidenheit:

»Was soll ich tun?«

Der Bischof erklärte es ihm Punkt für Punkt. Er autorisierte ihn, sich bei jedem Schritt auf ihn zu berufen, vor allem im Kloster Santa Clara, wo er das Mädchen so schnell wie möglich einliefern solle.

»Gib sie in unsere Hände«, schloß er. »Gott wird das übrige tun.«

Der Marqués war beim Abschied sorgenvoller als bei seiner Ankunft. Vom Fenster der Kutsche aus sah er die trostlosen Straßen, Kinder, die nackt in den Pfützen badeten, den Abfall, den die Hühnergeier verstreut hatten. Als er um die Ecke bog, sah er das Meer, wie immer an Ort und Stelle, und Unsicherheit überkam ihn.

Beim Angelusläuten betrat er das finstere Haus, und zum ersten Mal seit dem Tod von Doña Olalla betete er mit erhobener Stimme: *Der Engel des Herrn brachte Maria die Botschaft.* In der Dunkelheit hallten die Saiten der Theorbe wie aus der Tiefe eines Bassins wider. Der Marqués tastete sich den Tönen folgend bis zum Zimmer seiner Tochter. Da war sie, saß in dem weißen Hängerkleid auf dem Stuhl vor der Frisierkommode, die gelöste Haarmähne bis zum Boden fallend, und spielte ein einfaches Übungsstück, das sie von ihm gelernt hatte. Er konnte nicht glauben, daß dies dasselbe Geschöpf war, das von der Gnadenlosigkeit der Kurpfuscher niedergeworfen war, als er es mittags verlassen hatte, es sei denn, ein Wunder wäre geschehen. Das war nur eine kurze Illusion. Sierva María bemerkte seine Ankunft, hörte auf zu spielen und versank wieder in ihr Leid.

Er blieb die ganze Nacht über bei ihr. Er half ihr mit der Ungeschicklichkeit eines Leihvaters bei der Schlafzimmerliturgie. Er zog ihr das Nachthemd verkehrt herum an, und sie mußte es wieder ausziehen, um es richtig überzustreifen. Es war das erste Mal, daß er sie nackt sah, und es tat ihm weh, die Rippen gleich unter der Haut zu sehen, die knospenden Brüstchen, den sanften Flaum. Der entzündete Knöchel hatte einen glühenden Hof. Während er ihr half, sich zu betten, litt das Mädchen mit einem fast tonlosen Jammern vor sich hin, und ihn überkam die Gewißheit, daß er ihr beim Sterben half.

Zum ersten Mal, seitdem er den Glauben verloren hatte, verspürte er den Drang zu beten. Er ging in die Hauskapelle und versuchte mit aller Kraft, den Gott zurückzugewinnen, der ihn verlassen hatte, doch es war vergebens: Die Ungläubigkeit hat mehr Widerstandskraft als der Glauben, da sie sich auf die Sinne stützt. In der Kühle vor Tagesanbruch hörte er das Mädchen mehrmals husten und ging zu ihrem Schlafzimmer. Beim Vorbeigehen sah er, daß Bernardas Zimmer halb geöffnet war. Es drängte ihn, seine Befürchtungen zu teilen, und er drückte die Tür auf. Sie schlief bäuchlings auf dem Boden und schnarchte gefährlich. Der Marqués blieb, die Hand auf der Klinke, in der Tür stehen und weckte sie nicht. Er sagte ins Leere: »Dein Leben für das ihre.« Und korrigierte sich sogleich:

»Unser beider Scheißleben für das ihre, verdammt noch mal!«

Das Mädchen schlief. Der Marqués sah sie reglos und matt daliegen und frage sich, ob er sie lieber tot als den Torturen der Tollwut ausgeliefert sähe. Er richtete ihr das Moskitonetz, damit die Fledermäuse nicht ihr Blut saugten, deckte sie zu, damit sie nicht mehr hustete, und wachte neben dem Bett, in dem neuen Hochgefühl, sie so zu lieben, wie er nie zuvor auf dieser Welt geliebt hatte. Daraufhin faßte er, ohne sich mit Gott oder sonst jemandem zu beraten, die Entscheidung seines Lebens. Um vier Uhr früh, als Sierva María die Augen öffnete, sah sie ihn an ihrem Bett sitzen.

»Es ist Zeit zu gehen«, sagte der Marqués.

Sie stand, ohne weitere Erklärungen zu erwarten, auf. Der Marqués half ihr, sich dem Anlaß gemäß zu kleiden. Er suchte in der Truhe ein Paar Samtpantoffeln, damit das Afterleder der Stiefeletten sie nicht am Knöchel drückte, und fand, ohne groß zu suchen, ein Festkleid, das seiner Mutter gehört hatte, als sie ein junges Mädchen war. Es war verschlissen und von der Zeit mitgenommen, doch offensichtlich nicht mehr als einmal getragen worden. Fast ein Jahrhundert später zog der Marqués es Sierva María über die Santería-Ketten und das Taufmedaillon. Das Kleid war ihr ein wenig eng, aber das unterstrich gewissermaßen seine Altertümlichkeit. Er setzte ihr einen Hut auf, den er ebenfalls in der Truhe gefunden hatte und dessen bunte Bänder nicht dem Kleid entsprachen. Er paßte ihr genau. Zuletzt packte er ihr ein Köfferchen mit einem Nachthemd, einem engzinkigen Kamm, um auch die Nissen der Läuse auskämmen zu können, und einem kleinen Gebetbuch der Großmutter mit goldenen Beschlägen und Perlmuttdeckeln.

Es war Palmsonntag. Der Marqués führte Sierva María zu der Fünfuhrmesse, und sie nahm gutwillig den geweihten Palmenzweig entgegen und wußte nicht, wozu. Nach der Kirche sahen sie von der

Kutsche aus den Sonnenaufgang. Der Marqués, das Köfferchen auf den Knien, im Fond, und sie, unerschüttert auf der Bank ihm gegenüber, sah durch das Fenster die letzten Straßen ihres zwölfjährigen Lebens vorübergleiten. Sie hatte keinerlei Neugier gezeigt, wohin man sie da so früh am Morgen brachte, verkleidet als Johanna die Wahnsinnige und mit dem Hut einer Dirne auf dem Kopf. Nach langem Grübeln frage sie der Marqués:

»Weißt du, wer Gott ist?«

Das Mädchen schüttelte den Kopf.

Am Horizont gab es ferne Blitze und Donner, der Himmel war verhangen und die See rauh. Als sie um eine Ecke bogen, tauchte vor ihnen das Kloster Santa Clara auf, weiß und einsam, drei Stockwerke und Fenster mit blauen Läden, über einem mit Abfällen besäten Strand. Der Marqués deutete mit dem Zeigefinger auf das Gebäude: »Da hast du es«, sagte er. Und dann zeigte er zur linken Seite: »Du wirst jederzeit von den Fenstern aus das Meer sehen.« Weil das Mädchen ihn nicht beachtete, gab er ihr die einzige Erklärung, die er jemals zu ihrem Schicksal abgeben sollte:

»Du wirst ein paar Tage bei den Schwestern von Santa Clara verbringen.«

Da es Palmsonntag war, standen an der Pforte mit der Winde mehr Bettler als gewöhnlich. Ein paar Leprakranke, die sich mit ihnen um die Küchenreste stritten, stürzten ebenfalls mit ausgestreckter Hand auf den Marqués zu. Er verteilte kümmerliche Almosen, ein Geldstück für jeden, soweit ihm die Münzen reichten. Die Pförtnerin sah ihn in seinem Trauergewand, sah das Kind, gekleidet wie eine Königin, und bahnte sich einen Weg, um sie zu empfangen. Der Marqués erklärte ihr, er bringe auf Befehl des Bischofs Sierva María. Die Pförtnerin zweifelte nicht daran, wegen der Art, wie er es sagte. Sie prüfte die Erscheinung des Mädchens und nahm ihm den Hut ab.

»Hüte sind hier verboten«, sagte sie.

Sie behielt den Hut. Der Marqués wollte ihr auch das Köfferchen geben, aber sie nahm es nicht an:

»Es wird ihr an nichts fehlen.«

Der schlecht gesteckte Zopf löste sich und fiel fast bis auf den Boden. Die Pförtnerin glaubte nicht, daß er echt war. Der Marqués versuchte ihn wieder aufzurollen. Das Mädchen schob den Vater beiseite und steckte ohne Hilfe den Zopf so geschickt fest, daß die Pförtnerin staunte.

»Man muß ihn abschneiden«, sagte sie.

»Es geht um ein der Heiligen Jungfrau gemachtes Gelöbnis, das bis zum Tag ihrer Hochzeit gilt«, sagte der Marqués.

Die Pförtnerin beugte sich dieser Begründung. Sie nahm das Mädchen an der Hand, ohne ihm Zeit für den Abschied zu geben, und ließ es durch die Windenpforte ein. Da Sierva María beim Gehen der Knöchel schmerzte, zog sie den linken Pantoffel aus. Der Marqués sah, wie sie sich, auf dem nackten Fuß hinkend und den Pantoffel in der Hand, entfernte. Er wartete vergeblich darauf, daß sie sich in einem seltenen Augenblick der Barmherzigkeit nach ihm umwenden möge. Als letzte Erinnerung blieb ihm, wie sie, den kranken Fuß nachziehend, am Ende der Gartengalerie im Trakt der Lebendigbegrabenen verschwand.

DREI

Das Kloster von Santa Clara war ein quadratisches Gebäude am Meer, es hatte zahlreiche gleich große Fenster auf drei Stockwerken und einen Kreuzgang aus Rundbögen um einen wildwachsenden schattigen Garten. Es gab einen Steinpfad zwischen Bananenstauden und wilden Farnen, eine schlanke Palme, die auf der Suche nach Licht über die Altane hinausgewachsen war, und einen mächtigen Baum, von dessen Ästen Vanilleranken und Orchideenketten hingen. Unter dem Baum stand totes Wasser in einem Becken mit rostiger Umrandung, auf der die gefangenen Papageien ihre akrobatischen Kunststücke vorführten.

Die Anlage wurde von dem Garten in zwei Gebäudetrakte geteilt. Rechts lagen die drei Stockwerke der Lebendigbegrabenen, kaum vom Tosen der Brandung am Steilufer und den Gebeten und Gesängen zu den kanonischen Stunden gestört. Dieser Trakt war durch eine Innentür mit der Kapelle verbunden, damit die Nonnen in Klausur nicht durch das öffentliche Kirchenschiff zum Chor gehen mußten, wo sie die Messe hörten und sangen, hinter einem Gitterwerk, durch das sie sehen, aber nicht selbst gesehen werden konnten. Die kunstvolle Kassettendecke aus Edelhölzern, die auch alle anderen Räume des Klosters schmückte, war von einem spanischen Handwerker gefertigt worden, der sein halbes Leben darauf verwandt und dafür das Recht erworben hatte, in einer Nische am Hauptaltar beigesetzt zu werden. Dort lag er nun, hinter die Marmorfliesen gezwängt, zusammen mit Äbtissinnen und Bischöfen aus fast zwei Jahrhunderten und anderen vornehmen Leuten.

Als Sierva María in das Kloster kam, gab es dort zweiundachtzig spanische Klausurnonnen, alle mit ihren Dienerinnen, und sechsunddreißig Kreolinnen aus den großen Familien des Vizekönigreichs. Nachdem sie Armut, Schweigen und Keuschheit gelobt hatten, blieben ihnen als einziger Kontakt zur Außenwelt nur noch die seltenen Begegnungen mit Besuchern in einem Lokutorium mit Holzgitterwerk, durch das zwar die Stimme, aber kein Licht drang. Der Raum lag neben der Windenpforte, und seine Benutzung war reglementiert und eingeschränkt, und stets war eine Mithörerin dabei.

Auf der linken Seite des Gartens waren die Unterrichtsräume und all die verschiedenen Werkstätten, reichlich bevölkert mit Novizinnen und Lehrerinnen. Dort stand auch das Gesindehaus mit einer riesigen Küche und Holzfeuerstellen, einer Schlachtbank und einem großen Backofen. Dahinter lag ein vom Waschwasser ständig verschlammter Hof, wo ein paar Sklavenfamilien zusammen wohnten, und zuletzt kamen die Ställe, ein Ziegengehege, der Schweinekoben, die Bienenhäuser und der Gemüsegarten, wo alles aufgezogen und gepflanzt wurde, was für ein gutes Leben nötig war.

Ganz am Ende, so fern wie nur möglich, lag gottverlassen ein einsames Nebengebäude, das achtundsechzig Jahre lang der Inquisition als Gefängnis gedient hatte und noch als solches für irregeleitete Klarissinnen genutzt wurde. In die letzte Zelle dieser Stätte des Vergessens wurde Sierva María gesperrt, dreiundneunzig Tage nachdem sie von dem Hund gebissen worden war und ohne jegliches Anzeichen von Tollwut.

Die Pförtnerin, die sie an die Hand genommen hatte, traf am Ende des Korridors eine Novizin, die auf dem Weg zur Küche war, und bat diese, Sierva María zur Äbtissin zu bringen. Die Novizin dachte sich, daß es nicht vernünftig sei, ein so zartes und gut gekleidetes Mädchen dem Getümmel in der Küche auszusetzen, und ließ Sierva María sich auf eine der Steinbänke des Gartens setzen, um sie dort später wieder abzuholen. Das vergaß sie aber auf dem Rückweg.

Zwei Novizinnen, die später vorbeikamen, interessierten sich für Sierva Marías Ketten und Ringe und fragten, wer sie sei. Sie antwortete nicht. Sie fragten sie, ob sie Spanisch könne, und es war, als hätten sie eine Tote angesprochen.

»Sie ist taubstumm«, sagte die jüngere Novizin.

»Oder eine Deutsche«, sagte die andere.

Die Jüngere begann mit ihr so umzugehen, als sei Sierva María ihrer fünf Sinne nicht mächtig. Sie löste ihr den Zopf, der im Nacken aufgerollt war, und maß ihn nach Spannen. »Fast vier«, sagte sie, überzeugt davon, daß das Mädchen sie nicht hörte. Sie begann den Zopf aufzuflechten, doch Sierva María drohte ihr mit dem Blick. Die Novizin hielt diesem stand und streckte ihr die Zunge heraus.

»Du hast Teufelsaugen«, sagte sie.

Sie zog ihr, ohne auf Widerstand zu stoßen, einen Ring ab, als die andere aber versuchte, Sierva María die Ketten abzunehmen, wand sich das Mädchen wie eine Schlange und biß sie schnell und gezielt in die Hand. Die Novizin rannte fort, um sich das Blut abzuwaschen.

Als die Tertien angestimmt wurden, hatte sich Sierva María gerade erhoben, um Wasser aus dem Becken zu trinken. Erschreckt war sie, ohne zu trinken, zur Bank zurückgekehrt, stand aber wieder auf, als sie merkte, daß es Nonnengesänge waren. Mit einer geschickten Handbewegung schlug sie die Haut aus fauligen Blättern beiseite und trank aus dem Becken, ohne sich um die Insektenlarven zu kümmern, bis ihr Durst gestillt war. Dann urinierte sie kauernd hinter dem Baum, mit einem Stock bewaffnet, um sich gegen zudringliche Tiere und verderbte Männer wehren zu können, wie Dominga de Adviento es sie gelehrt hatte.

Kurz darauf kamen zwei schwarze Sklavinnen vorbei, die ihre Santería-Ketten erkannten und sie auf yoruba ansprachen. Das Mädchen antwortete ihnen entzückt in derselben Sprache. Da niemand wußte, warum sie dort saß, nahmen die Sklavinnen Sierva María in die lärmende Küche mit, wo sie von den Dienstboten jubelnd empfangen wurde. Jemandem fiel dann die Wunde an ihrem Knöchel auf, und man wollte von ihr wissen, was passiert sei.

»Das hat mir Mutter mit einem Messer gemacht«,

sagte sie. Wer fragte, wie sie hieße, dem nannte sie ihren Negernamen: María Mandinga.

Sie gewann augenblicklich ihre Welt zurück. Sie half einen Ziegenbock schlachten, der sich zu sterben wehrte. Sie stach ihm die Augen aus und schnitt die Hoden ab, das waren die Stücke, die ihr am besten schmeckten. Sie spielte Diabolo mit den Erwachsenen in der Küche und mit den Kindern auf dem Hof und besiegte alle. Sie sang auf yoruba, kongo und mandinga, und selbst wer sie nicht verstand, hörte hingerissen zu. Zum Mittagessen aß sie ein Gericht aus den Hoden und Augen des Ziegenbocks, in Schweineschmalz gedünstet und scharf gewürzt.

Zu dieser Stunde wußte bereits das ganze Kloster von ihrer Anwesenheit, mit Ausnahme von Josefa Miranda, der Äbtissin. Sie war eine vertrocknete und kämpferische Frau, von enger Denkungsart, die bei ihr in der Familie lag. Sie war in Burgos, im Schatten des Heiligen Offiziums aufgewachsen, doch ihre Gabe zu kommandieren und die Strenge ihrer Vorurteile kamen von innen und von jeher. Sie hatte zwei fähige Vikarinnen, aber die waren überflüssig, da sie sich um alles selbst kümmerte, ohne jede Hilfe.

Ihr Groll gegen das örtliche Bistum hatte fast hundert Jahre vor ihrer Geburt begonnen. Der erste Anlaß war, wie bei den großen Fehden der Geschichte, eine geringfügige Meinungsverschiedenheit über Fragen des Geldes und der Gerichtsbarkeit zwischen den Klarissinnen und dem franziskanischen Bischof gewesen. Gegen dessen Unnachgiebigkeit hatten die Nonnen die Unterstützung der Zivilregierung bekommen, und das war der Anfang eines Krieges gewesen, den dann irgendwann einmal alle gegen alle führten.

Mit der Rückendeckung anderer Gemeinden versuchte der Bischof das Kloster durch eine Ausgangssperre auszuhungern und dekretierte die *Cessatio a Divinis.* Das hieß: Bis auf Widerruf war jeglicher Gottesdienst in der Stadt ausgesetzt. Die Bevölkerung spaltete sich, und die zivilen und kirchlichen Behörden wandten sich, gestützt auf die einen oder die anderen, gegeneinander. Dennoch waren die Klarissinnen nach sechs Monaten der Belagerung noch lebendig und ungebrochen, bis ein geheimer Tunnel entdeckt wurde, durch den ihre Anhänger sie versorgten. Die Franziskaner, diesmal mit der Unterstützung eines neuen Gouverneurs, brachen die Klausur von Santa Clara und verjagten die Nonnen.

Es dauerte zwanzig Jahre, bis sich die Gemüter beruhigt hatten und den Klarissinnen das geplünderte Kloster zurückgegeben wurde, doch ein Jahrhundert später schmorte Josefa Miranda noch immer auf kleiner Flamme in ihrem Groll. Sie trichterte ihn den Novizinnen ein, nährte ihn mehr in den Gedärmen als im Herzen und sah alle Schuld für seinen Ursprung im Bischof De Cáceres y Virtudes verkörpert sowie in jedem, der etwas mit ihm zu tun hatte. Ihre Reaktion war also voraussehbar, als ihr im Namen des Bischofs angekündigt wurde, der Marqués von Casalduero habe seine zwölfjährige Tochter mit tödlichen Symptomen dämonischer Besessenheit in das Kloster gebracht. Sie stellte nur eine Frage: »Gibt es überhaupt einen solchen Marqués?« Ihre Frage war doppelt giftig, einmal, weil es eine Angelegenheit des Bischofs war, und zum anderen, weil sie stets die Legitimität des kreolischen Adels bestritten hatte, den sie als »Adel aus der Traufe« bezeichnete.

Zur Mittagessenszeit hatte sie Sierva María noch nicht im Kloster ausfindig machen können. Die Pförtnerin hatte der einen Vikarin gesagt, daß ein Mann in Trauerkleidung ihr bei Tagesanbruch ein rotblondes, königlich gekleidetes Mädchen übergeben habe, daß sie aber nichts über sie in Erfahrung gebracht hätte, weil sich gerade die Bettler um die Manioksuppe vom Palmsonntag stritten. Als Beweis für diese Aussage übergab sie der Vikarin den Hut mit den bunten Bändern. Diese zeigte ihn der Äbtissin, als sie auf der Suche nach dem Mädchen waren, und die Äbtissin zweifelte nicht daran, wem er gehörte. Sie griff ihn mit spitzen Fingern und hielt ihn in Armeslänge von sich.

»Eine schöne Señorita Marquesa mit dem Hut einer Schlampe«, sagte sie. »Der Satan weiß, was er tut.«

Sie war um neun Uhr morgens auf dem Weg zum Lokutorium dort vorbeigekommen und war im Garten durch eine Auseinandersetzung mit den Maurern über den Preis für Arbeiten an der Wasserleitung aufgehalten worden, hatte das Mädchen aber nicht auf der Steinbank sitzen sehen. Auch andere Nonnen, die dort mehrmals vorbeigekommen sein mußten, hatten sie nicht gesehen. Die zwei Novizinnen, die ihr den Ring abgenommen hatten, schworen, sie nicht gesehen zu haben, als sie nach dem Singen der Tertien dort vorbeigekommen waren.

Die Äbtissin hatte gerade Siesta gehalten, als sie ein Lied von einer einzelnen Stimme gesungen hörte, die das ganze Kloster erfüllte. Sie zog an der Kordel, die neben ihrem Bett hing, und sofort erschien eine Novizin im dämmrigen Zimmer. Die Äbtissin fragte sie, wer da so kunstvoll singe.

»Das Mädchen«, sagte die Novizin.

Noch schläfrig murmelte die Äbtissin: »Was für eine schöne Stimme.« Und fuhr sogleich hoch:

»Was für ein Mädchen?«

»Ich weiß nicht«, sagte die Novizin, »eines, das seit heute früh im Hinterhof für Aufregung sorgt.«

»Allerheiligstes Sakrament!« schrie die Äbtissin.

Sie sprang aus dem Bett. Sie flog im Eilschritt durch das Kloster und kam, der Stimme nachgehend, zum Patio des Gesindes. Sierva María saß auf einem Bänkchen, die Haarmähne über den Boden gebreitet, und sang inmitten der verzauberten Dienstbotenschar. Sobald sie die Äbtissin sah, hörte sie auf zu singen. Die Äbtissin hob das Kruzifix, das sie um den Hals trug.

»Ave Maria«, sagte sie.

»Ohne Sünde empfangen«, sagten alle.

Die Äbtissin schwang das Kruzifix wie eine Kriegswaffe gegen Sierva María. »*Vade retro*«, schrie sie. Die Dienstboten wichen zurück und ließen das Mädchen allein auf seinem Platz, wachsam und mit starrem Blick.

»Ausgeburt des Satans«, schrie die Äbtissin. »Du hast dich unsichtbar gemacht, um uns zu narren.«

Es gelang ihnen nicht, Sierva María ein Wort zu entlocken. Eine Novizin wollte sie an der Hand wegführen, doch die Äbtissin verbot es ihr voller

Entsetzen. »Faß sie nicht an«, schrie sie. Und dann zu allen:

»Niemand faßt sie an.«

Sie mußten Sierva María schließlich gewaltsam wegschleppen, sie trat mit den Beinen und schnappte wie ein Hund um sich, bis hin zur letzten Zelle des Gefängnisbaus. Auf dem Weg merkten sie, daß sie sich mit ihren Exkrementen eingeschmutzt hatte, und man schüttete im Stall eimerweise Wasser über sie.

»Es gibt so viele Klöster in der Stadt, und uns schickt der Bischof den letzten Dreck«, protestierte die Äbtissin.

Die Zelle war groß, hatte rauhe Wände und eine sehr hohe Decke mit Termitenrillen im Täfelwerk. Neben der einzigen Tür war ein bis zum Boden reichendes Fenster mit Gitterstangen aus gedrechseltem Holz, und eine Querstange aus Eisen sicherte die Flügel. An der hinteren Wand zum Meer hin gab es noch ein hohes Fenster, das mit einem hölzernen Kreuzgitter verschlossen war. Das Bett bestand aus einem gemauerten Fundament, auf dem eine leinenbezogene und mit Stroh gefüllte Matratze lag, die vom vielen Gebrauch mitgenommen war. Es gab eine Steinbank zum Sitzen und ein Arbeitssims, das zugleich als Altar und Waschtisch diente, darüber, an die Wand genagelt, ein einsames Kruzifix. Sie ließen Sierva María dort, triefend naß bis zum Zopf und vor Angst zitternd, unter der Aufsicht einer Wächterin zurück, die ausgebildet war, den tausendjährigen Kampf gegen den Teufel zu gewinnen.

Sierva María setzte sich auf das Lager und schaute auf die Eisenstäbe der verstärkten Tür, und so fand sie die Magd, die ihr um fünf Uhr nachmittags den Teller mit dem Essen brachte. Sie verharrte unbewegt. Die Magd versuchte, ihr die Halsketten abzunehmen, und Sierva María packte sie am Handgelenk und zwang sie loszulassen. In der Akte des Klosters, die seit jenem Abend geführt wurde, erklärte die Magd, eine Kraft wie von einer anderen Welt habe sie niedergerungen.

Das Mädchen blieb reglos sitzen, während die Tür zufiel und das Geräusch der Kette und die zwei Drehungen des Schlüssels im Vorhängeschloß zu hören waren. Sie sah, was es zu essen gab: ein paar Fetzen Rauchfleisch, einen Maniokkuchen und eine Schale Schokolade. Sie kostete von dem Kuchen, kaute und spuckte aus. Sie legte sich auf den Rücken. Sie hörte das Brausen der See, die Gischt und das erste Aprildonnern, das immer näher kam. Früh am nächsten Morgen, als die Magd das Frühstück brachte, fand sie das Mädchen schlafend auf den Strohbüscheln der Matratze vor, die es mit Nägeln und Zähnen ausgeweidet hatte.

Zum Mittagessen ließ es sich gutwillig zum Refektorium der Internen ohne Klausurgelöbnis bringen. Es war ein weitläufiger Saal mit einem hohen Deckengewölbe und großen Fenstern, durch die schreiend die Helligkeit des Meeres drang, und das Getöse an den Klippen war von nahem zu hören. Zwanzig zumeist junge Novizinnen saßen vor einer Doppelreihe roher Holztische. Sie trugen Habite aus einfachem Etamin und hatten geschorene Köpfe, sie waren fröhlich und schwatzhaft und verbargen nicht ihre Aufregung darüber, die Kasernenmahlzeit gemeinsam mit einer Tobsüchtigen einzunehmen.

Sierva María saß in der Nähe der Haupttüre zwischen zwei sorglosen Wächterinnen und kostete kaum etwas von dem Essen. Man hatte auch ihr den Kittel einer Novizin angezogen, dazu ihre Pantoffeln, die noch naß waren. Während des Essens schaute niemand sie an, doch am Ende wurde sie von mehreren Novizinnen umringt, die ihren Schmuck bewundern wollten. Eine von ihnen versuchte, ihr die Halsketten abzunehmen. Sierva María bäumte sich auf. Der Wächterinnen, die sie zu bändigen versuchten, entledigte sie sich mit einem Stoß. Sie stieg auf den Tisch, rannte von einem Ende zum anderen und schrie wie eine wahrhaft Besessene, die zum Entern klarmacht. Sie zerbrach, was ihr in den Weg kam, sprang aus dem Fenster und zerstörte die Laubengänge im Patio, scheuchte die Bienen auf und riß die Bretterwände der Ställe und die Zäune der Gehege nieder. Die Bienen zerstreuten sich in alle Winde, und die Tiere brachen vor Panik brüllend bis in die Schlafräume des Klausurtrakts.

Von da an geschah nichts, was nicht Sierva Marías Hexenkünsten zugeschrieben wurde. Mehrere Novizinnen erklärten für die Akten, das Mädchen fliege mit durchsichtigen Flügeln, die ein gespenstisches Surren verursachten. Man brauchte zwei Tage und ein Pikett Sklaven, um das Vieh einzufangen, die Bienen zu ihren Waben zurückzuleiten und das Haus in Ordnung zu bringen. Das Gerücht ging um, die Schweine seien vergiftet, das Wasser verursache hellseherische Visionen und eines der aufgeschreckten Hühner sei über die Dächer geflogen und habe sich am Meereshorizont verloren. Aber das Entsetzen der Klarissinnen war voller Widersprüche, denn trotz der Aufregung der Äbtissin und der Ängste von dieser und jener wurde Sierva Marías Zelle zum Mittelpunkt aller Neugier.

In Klausur herrschte von den Vespergesängen um sieben Uhr abends bis zur Prim für die Sechsuhrmesse Nachtruhe. Die Lampen mußten gelöscht werden, und Licht brannte dann nur noch in den wenigen Zellen mit besonderer Erlaubnis. Das Leben im Kloster war jedoch nie so ungestüm und frei wie damals gewesen. In den Korridoren gab es ein Hin und Her von Schatten, ersticktes Gemurmel und verdeckte Hast. In den Zellen, wo man es am wenigsten erwartet hätte, wurde mit spanischen Karten oder präparierten Würfeln gespielt und verstohlen getrunken sowie heimlich gedrehter Tabak geraucht, was Josefa Miranda in der Klausur verboten hatte. Ein dämonenbesessenes Mädchen im Kloster, das hatte den Reiz eines ganz neuen Abenteuers.

Sogar die rigidesten Nonnen stahlen sich nach dem Abendläuten aus dem Klausurbereich und gingen in Zweier- oder Dreiergrüppchen zu Sierva María, um mit ihr zu reden. Sie zeigte die Krallen, wenn die Nonnen kamen, lernte jedoch bald, mit ihnen je nach Stimmung und Nacht umzugehen. Häufig wurden von ihr Botendienste erwartet, sie sollte den Teufel um unerfüllbare Gefälligkeiten bitten. Sierva María imitierte Stimmen aus dem Jenseits, Stimmen von Geköpften, Stimmen von satanischen Ausgeburten, und viele glaubten fest an ihre Streiche und ließen sie als Tatsachen in die Akten aufnehmen. In einer unseligen Nacht überfiel eine Patrouille von verkleideten Nonnen die Zelle, sie knebelten Sierva María und entwanden ihr ihre heiligen Ketten. Es war ein ephemerer Sieg. In der Eile der Flucht stolperte die Anführerin des Überfalls auf der dunklen Treppe und erlitt einen Schädelbruch. Ihre Gefährtinnen hatten keinen Augenblick Ruhe, ehe sie nicht die geraubten Ketten der Besitzerin zurückgegeben hatten. Keiner störte mehr die Nächte der Zelle.

Für den Marqués de Casalduero waren es Tage der Trauer. Er hatte länger dafür gebraucht, die Tochter ins Kloster einzuliefern, als dafür, seine Beflissenheit zu bereuen, und er bekam einen Schwermutsanfall, von dem er sich nie mehr erholte. Er strich mehrere Stunden lang um das Kloster und fragte sich, hinter welchem der zahlreichen Fenster Sierva María wohl an ihn dachte. Als er nach Hause kam, sah er auf dem Hof Bernarda, die dort die erste Nachtkühle suchte. Die Vorahnung, daß sie ihn nach Sierva María fragen würde, ließ ihn schaudern, doch sie sah ihn kaum an.

Er ließ die Hunde frei und legte sich mit dem Wunsch nach ewigem Schlaf in die Hängematte. Doch er fand ihn nicht. Die Passatwinde waren vorbeigezogen, und die Nacht war glühend heiß. Ungeziefer aller Art und Wolken von blutgierigen Schnaken kamen, von der Hitze aufgestört, aus den Sümpfen herüber, und man mußte in den Schlafzimmern Kuhdung verbrennen, um sie zu vertreiben. Die Gemüter versanken in Trägheit. Der erste Regenschauer des Jahres wurde mit der gleichen Inbrunst erwartet, mit der man sechs Monate später beten würde, es möge für immer aufklaren.

Kaum begann der Morgen zu grauen, machte sich der Marqués zu Abrenuncios Haus auf. Er hatte dort noch nicht einmal Platz genommen, als er schon im voraus die ungeheure Erleichterung verspürte, seinen Schmerz zu teilen. Ohne Einleitung kam er zur Sache:

»Ich habe das Kind im Santa Clara abgegeben.«

Abrenuncio begriff nicht, und der Marqués nutzte dessen Verunsicherung für den nächsten Schlag.

»Man wird sie exorzieren«, sagte er.

Der Arzt atmete tief durch und sagte mit vorbildlicher Ruhe:

»Erzählen Sie mir alles.«

Daraufhin erzählte der Marqués: von seinem Besuch beim Bischof, von dem Bedürfnis zu beten, von seiner blinden Entschlossenheit, seiner schlaflosen Nacht. Es war die Kapitulation eines Christen der alten Art, der nichts ihm Nachteiliges für sich behielt.

»Ich bin davon überzeugt, daß es ein göttlicher Befehl war«, schloß er.

»Sie wollen sagen, Sie haben den Glauben wiedergefunden«, sagte Abrenuncio.

»Man hört nie ganz auf zu glauben«, sagte der Marqués. »Der Zweifel lebt fort.«

Abrenuncio konnte ihn verstehen. Er hatte immer gemeint, daß der Verlust des Glaubens eine unauslöschliche Narbe dort hinterläßt, wo der Glauben gewohnt hatte, und daß diese Narbe das Vergessen unmöglich macht. Unvorstellbar erschien ihm jedoch, die eigene Tochter den Strafen des Exorzismus auszusetzen.

»Da besteht kein großer Unterschied zu den Hexereien der Schwarzen«, sagte er. »Und noch schlimmer, begnügen sich doch die Schwarzen damit, ihren Göttern Hähne zu opfern, während die Inquisition sich darin gefällt, Unschuldige auf der Folterbank zu vierteilen oder sie in einem öffentlichen Schauspiel lebendig zu rösten.«

Die Anwesenheit von Monsignore Cayetano Delaura bei dem Treffen mit dem Bischof erschien ihm als finsteres Vorzeichen. »Er ist ein Henker«, sagte er ohne Umschweife. Und er verlor sich in einer gelehrten Aufzählung alter Autodafés gegen Geisteskranke, die als Tobsüchtige oder Ketzer exekutiert worden waren.

»Ich glaube, es wäre christlicher gewesen, das Mädchen zu töten, als lebendig zu begraben«, schloß er.

Der Marqués bekreuzigte sich. Abrenuncio betrachtete den zitternden Mann, der wie ein Geist in seinem Trauergewand dastand, und wieder sah er in seinen Augen die Glühwürmchen der Unsicherheit, die mit ihm geboren worden waren.

»Holen Sie ihre Tochter da raus«, sagte er.

»Genau das will ich, seit ich sie zum Trakt der Lebendigbegrabenen habe gehen sehen«, sagte der Marqués. »Aber ich bringe nicht die Kraft auf, mich Gottes Willen zu widersetzen.«

»Raffen Sie sich auf«, sagte Abrenuncio. »Vielleicht dankt es ihnen Gott eines Tages.«

In jener Nacht bat der Marqués um eine Audienz beim Bischof. Er schrieb das Gesuch eigenhändig, in einer umständlichen Ausdrucksweise und mit kindlicher Schrift, und gab es persönlich beim Pförtner ab, um sicherzugehen, daß es sein Ziel erreichte.

Dem Bischof wurde am Montag gemeldet, Sierva María sei für die Exorzismen bereit. Er hatte auf der Terrasse mit den gelben Glockenblumen sein Abendessen beendet und widmete der Botschaft keine besondere Aufmerksamkeit. Er aß wenig, aber mit einer Bedächtigkeit, die das Ritual auf drei Stunden ausdehnen konnte. Pater Cayetano Delaura saß vor ihm und las ihm mit wohlgesetzter Stimme und etwas theatralischem Stil vor. Beides entsprach den Büchern, die er nach seinem eigenen Geschmack und Urteil auswählte.

Der alte Palast war für den Bischof viel zu groß, er begnügte sich mit dem Empfangszimmer, dem Schlafraum und der offenen Terrasse, wo er Siesta hielt und alleine aß, bis die Regenzeit begann. In dem gegenüberliegenden Flügel befand sich die Bibliothek des Bistums, die Cayetano Delaura begründet, bereichert und meisterlich geführt hatte und die zu ihrer Zeit als eine der besten Amerikas galt. Der Rest des Gebäudes bestand aus elf verschlossenen Räumen, in denen sich das Gerümpel von zwei Jahrhunderten häufte.

Außer der Nonne, die jeweils das Essen aufzutragen hatte, war Cayetano Delaura der einzige, der während der Mahlzeiten Zugang zu den Räumen des Bischofs hatte, und das nicht, wie es hieß, wegen seiner persönlichen Vorrechte, sondern wegen seiner Aufgabe als Vorleser. Er hatte kein bestimmtes Amt inne und keinen anderen Titel als den eines Bibliothekars, wurde aber wegen seiner Nähe zum Bischof faktisch wie ein Vikar behandelt, und niemand konnte sich vorstellen, daß der Bischof irgendeine wichtige Entscheidung ohne ihn traf. Delaura hatte seine eigene Zelle in einem angrenzenden Haus, das von innen mit dem Palast verbunden war und in dem die Schreibstuben und die Zimmer der Amtsträger der Diözese sowie des halben Dutzends Nonnen lagen, die den Haushalt des Bischofs führten. Cayetano Delauras wahres Zuhause war jedoch die Bibliothek, wo er bis zu vierzehn Stunden täglich arbeitete und las und wo er ein Feldbett aufgeschlagen hatte, auf dem er schlafen konnte, wenn ihn die Müdigkeit überkam.

Die Neuigkeit an diesem historischen Nachmittag war, daß Delaura sich mehrmals verlas. Und noch ungewöhnlicher war, daß er versehentlich eine Seite überschlagen und, ohne es zu merken, weitergelesen hatte. Der Bischof beobachtete ihn durch seine winzigen Augengläser eines Alchimisten, bis Delaura zu der nächsten Seite überging. Dann unterbrach er ihn belustigt:

»An was denkst du?«

Delaura schreckte hoch.

»Das muß die Hitze sein«, sagte er. »Warum?«

Der Bischof schaute ihm weiter in die Augen. »Das ist sicherlich mehr als die Hitze«, sagte er. Und wiederholte im gleichen Tonfall: »An was hast du gerade gedacht?«

»An das Mädchen«, sagte Delaura.

Er sagte nichts Näheres, denn seit dem Besuch des Marqués gab es für sie beide kein anderes Mädchen auf der Welt. Sie hatten viel über Sierva María gesprochen. Sie waren gemeinsam die Erinnerungen von Dämonenbesessenen und die Chroniken von heiligen Exorzisten durchgegangen. Delaura seufzte:

»Ich habe von ihr geträumt.«

»Wie konntest du von einer Person träumen, die du nie gesehen hast?« fragte der Bischof.

»Es war eine kreolische Marquesita von zwölf Jahren, mit einer Haarmähne, die wie die Schleppe einer Königin über den Boden schleifte«, sagte er. »Wer sonst hätte es sein können?«

Der Bischof war weder ein Mann von himmlischen Visionen noch von Wundern und Geißelungen. Sein Reich war von dieser Welt. Also schüttelte er skeptisch den Kopf und aß weiter. Delaura nahm die Lektüre mit größerer Sorgfalt wieder auf. Nachdem der Bischof mit dem Essen fertig war, half Delaura ihm, sich in den Schaukelstuhl zu setzen. Als er dann bequem saß, sagte der Bischof:

»Nun gut, erzähl mir jetzt deinen Traum.«

Der war sehr einfach. Delaura hatte geträumt, daß Sierva María vor dem Fenster zu einem beschneiten Feld saß und von einer Traube, die in ihrem Schoß lag, eine Beere um die andere abpflückte und aß. Jede Beere, die sie pflückte, wuchs sofort am Stengel nach. In dem Traum war augenscheinlich, daß das Mädchen schon seit vielen Jahren vor jenem unvergänglichen Fenster saß und versuchte, die Traube leerzupflücken, auch daß es keine Eile hatte, weil es wußte, in der letzten Beere war der Tod.

»Das Seltsamste daran ist, daß dieses Fenster, durch das sie auf das Feld sah, eben das Fenster in

Salamanca war, in jenem Winter, als es drei Tage lang schneite und die Lämmer im Schnee erstickten.«

Der Bischof war betroffen. Er kannte und liebte Cayetano Delaura zu sehr, um die Rätsel seiner Träume nicht ernst zu nehmen. Den Platz, den dieser sowohl in der Hierarchie der Diözese als in seiner Wertschätzung einnahm, hatte er sich mit seinen vielen Talenten und seiner freundlichen Art wohl verdient. Der Bischof schloß die Augen, um die drei Minuten seiner abendlichen Siesta zu schlafen.

Inzwischen aß Delaura am selben Tisch, bevor sie gemeinsam die Nachtgebete sprachen. Er war noch nicht fertig, als der Bischof sich im Schaukelstuhl streckte und die Entscheidung seines Lebens fällte:

»Übernimm du den Fall.«

Er sagte es, ohne die Augen zu öffnen, und schnarchte wie ein Löwe auf. Delaura aß zu Ende und setzte sich auf seinen angestammten Sessel unter den blühenden Kletterpflanzen. Da öffnete der Bischof die Augen.

»Du hast mir nicht geantwortet«, sagte er.

»Ich dachte, Sie hätten im Schlaf gesprochen«, sagte Delaura.

»Jetzt bin ich wach und wiederhole es«, sagte der Bischof. »Ich vertraue dir das Wohl des Kindes an.«

»Das ist das Seltsamste, was mir je widerfahren ist«, sagte Delaura.

»Willst du etwa nein sagen?«

»Ich bin kein Exorzist, mein Vater«, sagte Delaura. »Ich habe weder den Charakter noch die Ausbildung oder die Kenntnisse, um mir das anzumaßen. Außerdem wissen wir bereits, daß Gott mir einen anderen Weg bestimmt hat.«

So war es. Durch Vermittlung des Bischofs stand Delaura auf der Liste der drei Kandidaten für den Posten eines Kustos des sephardischen Fonds in der vatikanischen Bibliothek. Aber dies wurde zum ersten Mal zwischen ihnen angesprochen, obgleich beide davon wußten.

»Ein Grund mehr«, sagte der Bischof. »Der Fall des Mädchens, zu einem guten Ende geführt, könnte der Impuls sein, der uns noch fehlt.«

Delaura war sich seiner Unbeholfenheit im Umgang mit Frauen bewußt. Ihm schienen sie mit einer besonderen, nicht übertragbaren Urteilskraft begabt, dank der sie unangefochten die Fährnisse der Realität umschifften. Der bloße Gedanke an eine Begegnung, und sei es mit einem wehrlosen Geschöpf wie Sierva María, ließ ihm geradezu den Schweiß an den Händen gefrieren.

»Nein, Señor«, beschloß er. »Ich fühle mich nicht dazu befähigt.«

»Du bist es nicht nur«, erwiderte der Bischof, »sondern du hast auch reichlich, was jedem anderen fehlen würde: Inspiration.«

Das war ein zu großes Wort, um nicht das letzte gewesen zu sein. Der Bischof drängte ihn jedoch nicht, sofort anzunehmen, sondern gab ihm einige Zeit zum Überlegen, bis nach den Trauertagen der Karwoche, die gerade begann.

»Geh und sieh dir das Mädchen an«, sagte er zu Delaura. »Untersuche den Fall gründlich und informiere mich.«

So kam es, das Cayetano Alcino del Espíritu Santo Delaura y Escudero im Alter von sechsunddreißig Jahren in das Leben von Sierva María und in die Geschichte der Stadt eintrat. Er war Schüler des Bischofs an dessen berühmtem Lehrstuhl für Theologie in Salamanca gewesen, wo er mit den höchsten Ehren seines Jahrgangs promoviert hatte. Er war davon überzeugt, daß sein Vater ein direkter Nachkomme von Garcilaso de la Vega war, den Delaura fast religiös verehrte, und er ließ dies auch sogleich wissen. Seine Mutter war eine Kreolin, sie war in San Martín de Loba in der Provinz Mompox geboren und mit ihren Eltern nach Spanien ausgewandert. Delaura hatte geglaubt, nichts von ihr zu haben, bis er in das Reich von Neugranada kam und sein ererbtes Heimweh erkannte.

Schon bei dem ersten Gespräch in Salamanca hatte der Bischof De Cáceres y Virtudes in seinem Gegenüber jene seltenen Werte erspürt, die der Christenheit seiner Zeit zur Zierde gereichten. Es war ein eisiger Februarmorgen gewesen, und durch das Fenster sah man die verschneiten Felder und im Hintergrund die Pappelreihe am Fluß. Jene winterliche Landschaft gab den Rahmen für einen Traum des jungen Theologen ab, der ihn für den Rest seines Lebens verfolgen sollte.

Sie hatten natürlich über Bücher gesprochen, und der Bischof mochte nicht glauben, daß Delaura in seinem Alter schon so viel gelesen hatte. Der Schüler sprach zu ihm über Garcilaso. Der Lehrer gestand, daß er ihn nicht gut kenne, ihn aber als einen heidnischen Poeten in Erinnerung habe, der in seinem ganzen Werk Gott nicht mehr als zweimal erwähnte.

»Nicht ganz so selten«, sagte Delaura. »Aber das war in der Renaissance auch bei guten Katholiken nicht unüblich.«

An dem Tag, als er seine ersten Gelübde ablegte, forderte der Lehrer ihn auf, ihm in das unsichere Reich von Yucatán zu folgen, zu dessen Bischof er gerade ernannt worden war. Delaura, der das Leben aus den Büchern kannte, erschien die weite Welt seiner Mutter als ein Traum, der nie der seine sein würde. Es fiel ihm schwer, sich die drückende Hitze, den ewigen Aasgeruch, die dampfenden Sümpfe vorzustellen, während gerade die erstarrten Lämmer aus dem Schnee gegraben wurden. Dem Bischof, der an den Afrikakriegen teilgenommen hatte, fiel es leichter, das alles vor sich zu sehen.

»Ich habe gehört, daß unsere Priester in Amerika vor Glück in Verzückung geraten«, sagte Delaura.

»Und einige erhängen sich«, sagte der Bischof. »Es ist ein Reich, das von Sodomie, Ketzerei und Menschenfressern bedroht wird.« Und fügte ohne Bedenken hinzu:

»Wie das Mohrenland.«

Aber er glaubte auch, daß darin ein besonders großer Reiz liege. Dort wurden Krieger gebraucht, die ebensogut die Werte der christlichen Zivilisation durchsetzen wie in der Wüste predigen konnten. Doch Delaura, der dreiundzwanzig Jahre alt war, glaubte, daß ihm bereits eine Zukunft zur Rechten des Heiligen Geistes, dem er unverbrüchlich huldigte, offenstand.

»Mein ganzes Leben habe ich davon geträumt, Hauptbibliothekar zu werden«, sagte er. »Nur dazu tauge ich.«

Er hatte sich an den Bewerbungen um einen Posten in Toledo beteiligt, der ihm den Weg zu diesem Traum weisen würde, und war sicher, ans Ziel zu gelangen. Doch der Lehrer blieb hartnäckig.

»Es ist leichter, als Bibliothekar in Yucatán ein Heiliger zu werden, denn als Märtyrer in Toledo«, sagte er.

Delaura erwiderte ohne Bescheidenheit:

»Wenn Gott mir die Gnade erwiese, wollte ich kein Heiliger, sondern ein Engel sein.«

Er hatte sich das Angebot seines Lehrers noch nicht endgültig überlegt, als er den Ruf nach Toledo erhielt, dann aber Yucatán vorzog. Jedoch kamen sie nie dort an. Nach siebzig Tagen widriger See erlitten sie Schiffbruch im Canal de los Vientos und wurden von einem übel zugerichteten Konvoi gerettet, der sie in Santa María la Antigua von Darién ihrem Schicksal überließ. Dort blieben sie über ein Jahr und warteten vergeblich darauf, daß die Galeonenflotte Post für sie brächte, bis der Bischof De Cáceres eine Interimsstelle in jenem Landstrich zuerkannt bekam, dessen Bischofssitz durch den plötzlichen Tod des Amtsträgers vakant geworden war. Als Delaura den ungeheuren Urwald von Urabá von dem Kahn aus sah, der sie zu ihrem neuen Ziel brachte, erkannte er die Sehnsucht, die seine Mutter in den düsteren Wintern von Toledo gequält hatte. Die rauschhaften Sonnenuntergänge, die alptraumhaften Vögel, die exquisite Fäulnis der Mangrovenwälder schienen ihm liebgewordene Erinnerungen aus einer Vergangenheit, die er nicht gelebt hatte.

»Nur der Heilige Geist konnte alles so gut richten und mich ins Land meiner Mutter bringen«, sagte er.

Zwölf Jahre später hatte der Bischof den Traum von Yucatán aufgegeben. Er war dreiundsiebzig volle Jahre alt, siechte an Asthma dahin und wußte, er würde nie wieder Schnee in Salamanca sehen. Zu der Zeit, als Sierva María in das Kloster kam, hatte er beschlossen zurückzutreten, sobald für seinen Schüler der Weg nach Rom geebnet war.

Cayetano Delaura ging am nächsten Tag in das Kloster Santa Clara. Trotz der Hitze trug er das Habit aus grober Wolle und nahm den Weihwasserkessel und ein Köfferchen mit den heiligen Ölen mit, erste Waffen im Krieg gegen den Satan. Die Äbtissin hatte Delaura nie gesehen, doch die Kunde von seiner Intelligenz und seiner Macht war trotz der Schweigepflicht in die Klausur gedrungen. Als die Äbtissin ihn um sechs Uhr früh im Lokutorium empfing, war sie beeindruckt von Delauras jugendlichem Auftreten, seiner märtyrerhaften Blässe, dem metallischen Klang seiner Stimme und der geheimnisvollen weißen Haarsträhne. Doch keine noch so große Tugend hätte sie vergessen lassen können, daß er ein Kämpe des Bischofs war. Delaura hingegen fiel allein der Aufruhr der Hähne auf.
»Es sind nur sechs, aber sie krähen für hundert«, sagte die Äbtissin. »Außerdem hat ein Schwein gesprochen und eine Ziege Drillinge geworfen.« Und sie fügte mit Nachdruck hinzu: »All das geschieht, seitdem euer Bischof uns mit dieser vergifteten Gabe beglückt hat.«

Ebenso verdächtig war ihr der Garten, der derart triebhaft blühte, daß es wider die Natur schien. Während sie hindurchgingen, wies sie Delaura darauf hin, daß es Blumen in unwahrscheinlichen Farben und Größen gab und daß einige unerträglich dufteten. In allem Alltäglichen entdeckte sie etwas Übernatürliches. Delaura spürte bei jedem Wort, daß sie stärker war als er, und er beeilte sich, seine Waffen zu wetzen.

»Wir haben nicht gesagt, daß das Mädchen besessen ist«, sagte er, »sondern daß es Gründe gibt, dies anzunehmen.«

»Was wir erleben, spricht für sich«, sagte die Äbtissin.

»Seien Sie vorsichtig«, sagte Delaura. »Zuweilen schreiben wir, was wir nicht verstehen, dem Teufel zu und bedenken nicht, daß es von Gott kommen könnte.«

»Der heilige Thomas hat es gesagt, und an ihn halte ich mich«, sagte die Äbtissin. »Den Dämonen darf man nicht einmal glauben, wenn sie die Wahrheit sagen.«

Im zweiten Stock dann waltete Ruhe. Auf der einen Seite lagen die leeren Zellen, tagsüber mit einem Vorhängeschloß versperrt, und ihnen gegenüber die zum Glanz des Meeres hin geöffneten Fenster. Die Novizinnen schienen sich nicht von ihrer Arbeit ablenken zu lassen, tatsächlich war ihre ganze Aufmerksamkeit aber auf die Äbtissin und ihren Besucher gerichtet, die auf dem Weg zum Gefängnisbau waren.

Bevor sie das Ende des Korridors erreichten, wo Sierva Marías Zelle lag, kamen sie an der von Martina Laborde vorbei, einer ehemaligen Nonne, die zu lebenslanger Haft verurteilt worden war, weil sie zwei ihrer Mitschwestern mit einem Schlachtermesser getötet hatte. Das Motiv hatte sie nie gestanden. Seit elf Jahren lebte sie dort und war wegen ihrer gescheiterten Fluchtversuche bekannter als wegen ihres Verbrechens. Sie wollte nicht akzeptieren, daß ihre lebenslange Haft das gleiche war wie ein Leben als Klausurnonne, und sie war darin so konsequent, daß sie sich erbot, die Strafe als Dienstmagd im Trakt der Lebendigbegrabenen abzuarbeiten. Ihre unbeirrbare Obsession, der sie sich mit ebensoviel Eifer hingab wie ihrem Glauben, war, wieder frei zu sein, und wenn sie dafür nochmals töten müßte.

Delaura widerstand nicht der etwas kindischen Neugier, durch die Eisenstäbe am Fenster in die Zelle hineinzuschauen. Martina wandte ihnen den Rücken zu. Als sie sich beobachtet fühlte, drehte sie sich zur Tür um, und Delaura wurde sogleich von der Kraft ihrer Ausstrahlung gebannt. Unruhig schob ihn die Äbtissin vom Fenster weg.

»Seien Sie vorsichtig«, sagte sie. »Dieses Geschöpf ist zu allem fähig.«

»So schlimm?« fragte Delaura.

»Schlimmer noch«, sagte die Äbtissin. »Wenn es nach mir ginge, wäre sie schon seit langem frei. Sie ist eine viel zu große Quelle der Unruhe für dieses Kloster.«

Als die Wächterin die Tür öffnete, verströmte Sierva Marías Zelle einen Hauch von Fäulnis. Das Mädchen lag rücklings auf dem Steinbett ohne Matratze, an Händen und Füßen mit Lederriemen gefesselt. Sie schien tot zu sein, doch in ihren Augen lag das Licht des Meeres. Delaura sah, und ein Zittern bemächtigte sich seines Körpers, daß sie seinem Traumbild aufs Haar glich, und er war in eisigen Schweiß gebadet. Er schloß die Augen und betete leise mit dem ganzen Gewicht seines Glaubens und hatte danach die Beherrschung wiedergewonnen.

»Auch wenn das arme Geschöpf von keinerlei Dämon besessen wäre«, sagte er, »diese Umgebung bietet sich förmlich dafür an.«

Die Äbtissin erwiderte: »Die Ehre verdienen wir nicht.« Sie hatten nämlich alles getan, die Zelle in gutem Zustand zu halten, aber Sierva María schaffte sich ihren eigenen Dreckstall.

»Unser Krieg richtet sich nicht gegen sie, sondern gegen die Dämonen, die in ihr wohnen«, sagte Delaura.

Er ging auf Zehenspitzen hinein, um nicht in die Abfälle zu treten, besprengte die Zelle mit dem Weihwasserwedel und murmelte die rituellen Formeln. Die Äbtissin entsetzte sich über die großen Flecken, die das Wasser an den Wänden hinterließ.

»Blut!« schrie sie.

Delaura warf ihr die Leichtfertigkeit ihres Urteils vor. Das Wasser müsse noch kein Blut sein, nur weil es rot war, und selbst wenn es so wäre, müsse das noch kein Teufelsding sein. »Richtiger wäre, an ein Wunder zu denken, und diese Macht hat nur Gott«, sagte er. Aber es war weder das eine noch das andere, denn als die Flecken auf dem Kalk trockneten, waren sie nicht mehr rot, sondern von einem kräftigen Grün. Die Äbtissin errötete. Auch den Klarissinnen war, wie allen Frauen ihrer Zeit, jede Art von akademischer Ausbildung verwehrt, sie aber hatte sich in einer Familie von bedeutenden Theologen und großen Ketzern von jung an im scholastischen Gefecht geübt.

»Zumindest«, erwiderte sie, »sollten wir den Dämonen nicht die einfache Macht absprechen, die Farbe des Bluts zu verändern.«

»Nichts ist von größerem Nutzen als ein Zweifel zur rechten Zeit«, erwiderte Delaura sofort und schaute sie gerade an: »Lesen Sie den heiligen Augustinus.«

»Den habe ich gründlichst gelesen«, sagte die Äbtissin.

»Dann lesen Sie ihn wieder«, sagte Delaura.

Bevor er sich dem Mädchen zuwandte, bat er die Wächterin höflich, die Zelle zu verlassen. Sodann, weit weniger sanft, sagte er zur Äbtissin:

»Bitte, das gilt auch für Sie.«

»Auf Ihre Verantwortung«, sagte sie.

»Der Bischof ist die höchste Instanz«, sagte er.

»Daran brauchen Sie mich nicht zu erinnern«, sagte die Äbtissin mit einer sarkastischen Spitze. »Wir wissen schon, daß ihr Gott gepachtet habt.«

Delaura ließ ihr das Vergnügen des letzten Wortes. Er setzte sich auf die Bettkante und untersuchte das Mädchen mit der Sorgfalt eines Arztes. Er zitterte noch, schwitzte aber nicht mehr.

Aus der Nähe betrachtet, hatte Sierva María Kratzer und blaue Flecken, und die Haut war von den Riemen blutig gescheuert. Am erschreckendsten aber war die Wunde am Knöchel, sie glühte und eiterte seit der Behandlung durch die Kurpfuscher.

Während er Sierva María untersuchte, erklärte ihr Delaura, daß sie nicht hergebracht worden sei, um sie zu quälen, sondern wegen des Verdachts, daß ein Dämon in ihren Leib gefahren sei, um ihr die Seele zu rauben. Er brauche ihre Hilfe, um die Wahrheit herauszufinden. Es war jedoch unmöglich festzustellen, ob sie ihm zuhörte und ob sie begriff, daß sein flehentliches Bitten von Herzen kam.

Nach beendigter Untersuchung ließ Delaura sich ein Köfferchen mit Heilmitteln bringen, verhinderte jedoch, daß die zuständige Nonne hereinkam. Er salbte die Wunden mit Balsam und linderte mit leichtem Pusten das Brennen des wunden Fleisches, voller Staunen darüber, wie das Mädchen den Schmerz ertrug. Sierva María antwortete auf keine seiner Fragen, interessierte sich nicht für seine Belehrungen und beklagte sich über nichts.

Es war ein entmutigender Anfang, der Delaura bis in den Ruhehafen der Bibliothek verfolgte. Es war der größte Raum des bischöflichen Hauses, hatte kein einziges Fenster, und die Wände waren mit verglasten Mahagonischränken bedeckt, in denen sich wohlgeordnet die vielen Bücher befanden. In der Mitte stand ein großer Tisch mit Seekarten, einem Astrolabium und anderen Navigationsinstrumenten, dazu ein Globus, den die jeweiligen Kartographen in dem Maße, wie die Welt größer wurde, mit handschriftlichen Zusätzen und Korrekturen versehen hatten. Im Hintergrund stand der rustikale Arbeitstisch mit dem Tintenfaß, dem Federmesser, den Federkielen eines einheimischen Truthahns, dem Löschsand und einer Vase mit einer verwelkten Nelke. Der ganze Raum lag im Halbschatten und hatte den Geruch von lagerndem Papier und die Kühle und Ruhe eines Waldes.

Hinten im Saal stand auf engerem Raum ein geschlossener Regalschrank mit Türen aus einfachen Holzbrettern. Das war das Gefängnis der verbotenen Bücher, die von der Heiligen Inquisition wegen ihrer »profanen und fabelhaften Gegenstände und erfundenen Geschichten« indiziert worden waren. Niemand hatte Zugang zu ihnen außer Cayetano Delaura, kraft einer päpstlichen Erlaubnis, die Abgründe der verbotenen Schriften zu erforschen.

Dieser Ort, über so viele Jahre sein Ruhehafen, verwandelte sich, nachdem er Sierva María kennengelernt hatte, in seine Hölle. Er sollte nicht mehr mit seinen kirchlichen und weltlichen Freunden zusammenkommen, die mit ihm die Freuden der reinen Ideen geteilt und scholastische Turniere, literarische Wettbewerbe und Musikabende veranstaltet hatten. Seien Passion beschränkte sich nun darauf, die Winkelzüge des Satans zu erkunden, und darüber las und grübelte er fünf Tage und fünf Nächte lang, bevor er wieder in das Kloster zurückkehrte. Am Montag, als der Bischof ihn mit festem Schritt hinausgehen sah, fragte er ihn, wie er sich fühle.

»Vom Heiligen Geist beflügelt«, sagte Delaura.

Er hatte sich die Soutane aus einfacher Baumwolle angezogen, die ihm die Tatkraft eines Holzfällers verlieh, und er hatte seine Seele gegen den Kleinmut gepanzert. Das hatte er bitter nötig. Die Wächterin beantwortete seinen Gruß mit einem Knurren, Sierva María empfing ihn mit bösem Gesicht, und das Atmen in der Zelle wurde ihm schwer wegen der überall auf dem Boden liegenden Essensreste und Exkremente. Auf dem Altar, neben dem ewigen Licht, stand unangetastet das Mittagessen des Tages. Delaura nahm den Teller und bot dem Mädchen einen Löffel von den schwarzen Bohnen in der geronnenen Butter an. Sierva María wich ihm aus. Er drängte sie mehrmals, und ihre Reaktion war stets die gleiche. Daraufhin aß Delaura den Löffel Bohnen, schmeckte und schluckte ihn ungekaut mit dem Ausdruck echten Widerwillens hinunter.

»Du hast recht«, sagte er. »Das ist abscheulich.«

Das Mädchen schenkte ihm keinerlei Aufmerksamkeit. Als er den entzündeten Knöchel versorgte, zog ihre Haut sich zusammen, und ihre Augen wurden feucht. Er glaubte sie besiegt, tröstete sie mit dem Gemurmel eines guten Hirten und wagte schließlich, die Riemen zu lösen, damit der gequälte Leib sich erholen könnte. Das Mädchen krümmte die Finger ein paarmal, wie um zu spüren, daß es noch die ihren waren, und strecke die von den Fesseln gefühllosen Beine. Dann sah sie Delaura zum ersten Mal an, maß ihn, schätzte ihn ab und sprang ihn mit der gezielten Kraft eines Raubtiers an. Die Wächterin half, sie zu bändigen und festzubinden. Bevor er hinausging, zog Delaura einen Rosenkranz aus Sandelholz aus der Tasche und hängte ihn Sierva María über ihre Santería-Ketten.

Der Bischof war besorgt, als er ihn mit zerkratztem Gesicht und einer Bißwunde in der Hand kommen sah, deren bloßer Anblick schmerzte. Aber noch mehr Sorgen bereitete ihm die Reaktion Delauras, der seine Wunden wie Kriegstrophäen herzeigte und sich über die Gefahr, die Tollwut zu bekommen, lustig machte. Der Arzt des Bischofs hielt jedoch eine strenge Behandlung für geboten, da er zu jenen gehörte, die in der Sonnenfinsternis des kommenden Montags ein Präludium schrecklicher Katastrophen sahen.

Martina Laborde, die Nonnenmörderin, traf dagegen bei Sierva María nicht auf den geringsten Widerstand. Sie hatte sich wie zufällig auf Zehenspitzen der Zelle genähert und gesehen, daß sie mit Händen und Füßen ans Bett gefesselt war. Das Mädchen war auf der Hut, schaute Martina starr und wachsam an, bis diese ihm zulächelte. Daraufhin lächelte es auch und lieferte sich bedingungslos aus. Es war, als habe die Seele von Dominga de Adviento den Zellenraum erfüllt.

Martina erzählte ihr, wer sie war und warum sie den Rest ihrer Tage dort verbringen mußte, obgleich sie vom vielen Beteuern ihrer Unschuld fast die Stimme verloren hatte. Als sie Sierva María nach den Gründen für ihre Haft fragte, konnte ihr diese gerade einmal das sagen, was sie von ihrem Exorzisten wußte:

»Ich habe einen Teufel in mir.«

Martina ließ sie in Frieden, weil sie dachte, das Mädchen lüge oder sei belogen worden. Sie wußte nicht, daß sie eine der wenigen Weißen war, denen es die Wahrheit gesagt hatte. Sie führte Sierva María Proben ihrer Stickkunst vor, und das Mädchen bat, losgebunden zu werden, damit es sich auch darin versuchen könne. Martina zeigte ihm die Scheren, die sie zusammen mit anderen Stickutensilien in der Kitteltasche hatte.

»Du willst, daß ich dir die Fesseln löse«, sagte sie zu ihm. »Aber ich warne dich, versuche nicht, mir etwas anzutun, denn ich kann dich töten.«

Sierva María zweifelte nicht an Martinas Entschlossenheit. Sie ließ sich losbinden und stickte die Lektion mit der Leichtigkeit und dem guten Gehör, mit dem sie Theorbe spielen gelernt hatte. Bevor Martina sich zurückzog, versprach sie ihr, die Erlaubnis zu erwirken, daß sie sich am Montag die totale Sonnenfinsternis gemeinsam ansehen könnten.

Am Freitag verabschiedeten sich die Schwalben bei Tagesanbruch mit einem weiten Bogen über den Himmel und besprenkelten dabei Straßen und Dächer mit einem widerwärtigen indigofarbenen Niederschlag. Essen und Schlafen war kaum möglich, ehe nicht die Mittagssonne die hartnäckige Jauche getrocknet und die nächtlichen Winde die Luft gereinigt hatten. Doch der Schrecken dauerte an. Das hatte man noch nicht erlebt, daß die Schwalben mitten im Flug kackten und der Gestank ihres Kots einem das Leben schwermachte.

Im Kloster zweifelte natürlich niemand daran, daß Sierva Marías Kräfte ausreichten, die Gesetze der Zugvögel zu verändern. Delaura spürte es sogar in der Härte der Luft, als er am Sonntag nach der Messe mit einem Körbchen Gebäck, das er an den Portalen gekauft hatte, den Garten durchquerte. Sierva María wirkte völlig abwesend, sie trug aber noch den Rosenkranz um den Hals, erwiderte jedoch nicht seinen Gruß und ließ sich nicht herbei, ihn anzusehen. Er setzte sich neben sie, kaute genußvoll eine Quarkschnitte aus dem Körbchen und sagte mit vollem Mund:

»Das schmeckt himmlisch.«

Er hielt Sierva María die andere Hälfte des Gebäcks vor den Mund. Sie wich aus, drehte sich aber nicht wie sonst zur Wand, sondern deutete Delaura an, daß sie von der Wächterin bespitzelt wurden. Er machte eine energische Handbewegung zur Tür hin.

»Verschwinden Sie«, befahl er.

Als die Wächterin sich entfernt hatte, wollte das Mädchen den aufgestauten Hunger an der halben Schnitte stillen, spuckte den Bissen aber aus. »Das schmeckt nach Schwalbenkacke«, sagte sie. Ihre Stimmung wandelte sich jedoch. Sie war entgegenkommend bei der Versorgung der wunden Stellen, die ihr auf dem Rücken brannten, und schenkte Delaura zum ersten Mal Beachtung, als sie entdeckte, daß seine Hand verbunden war. Mit einer Unschuld, die nicht vorgetäuscht sein konnte, fragte sie ihn, was ihm zugestoßen sei.

»Eine kleine tollwütige Hündin mit einem ellenlangen Schwanz hat mich gebissen«, sagte Delaura.

Sierva María wollte die Wunde sehen. Delaura nahm den Verband ab, und sie berührte mit dem Zeigefinger kaum den blauroten Hof der Entzündung, als sei es eine glühende Kohle, und lachte zum ersten Mal.

»Ich bin schlimmer als die Pest«, sagte sie.

Delaura antwortete ihr nicht mit den Evangelien, sondern mit Garcilaso:

»Wohl kannst du dies wagen, mit dem, der es erleiden mag.«

Aufgewühlt von der Offenbarung, daß etwas Ungeheures und Unumkehrbares in seinem Leben begonnen hatte, ging er. Beim Hinausgehen erinnerte ihn die Wächterin im Namen der Äbtissin daran, daß es verboten sei, Speisen von der Straße hereinzubringen, da Gefahr bestehe, daß ihnen jemand vergiftete Lebensmittel schicke, wie es während der Belagerung geschehen war. Delaura log, daß er das Körbchen mit Erlaubnis des Bischofs gebracht habe, und erhob förmlich Protest gegen das schlechte Essen der Eingesperrten, zumal in einem Kloster, das für seine gute Küche berühmt war.

Während des Abendessens las er dem Bischof mit neuem Elan vor. Er betete wie immer gemeinsam mit ihm zur Nacht und hielt die Augen geschlossen, um besser an Sierva María denken zu können. Früher als gewöhnlich zog er sich in die Bibliothek zurück, er dachte an sie, und je mehr er an sie dachte, desto größer war das Verlangen, an sie zu denken. Er deklamierte laut die Liebessonette von Garcilaso, aufgeschreckt von dem Verdacht, daß in jedem Vers ein verschlüsseltes Omen lag, das etwas mit seinem Leben zu tun hatte. Es gelang ihm nicht zu schlafen. Als der Morgen graute, sank er auf den Schreibtisch, die Stirn auf das Buch gestützt, das er nicht gelesen hatte. In der Tiefe seines Traumes hörte er aus der benachbarten Kapelle die drei Notturnos von der Frühmette des neuen Tages. »Gott schütze dich, María de Todos los Ángeles«, sagte er im Schlaf. Seine eigene Stimme weckte ihn jäh, und er sah Sierva María mit dem Klosterkittel und der lodernden Haarmähne auf den Schultern, wie sie die alte Nelke wegwarf und einen Strauß frischerblühter Gardenien in die Vase auf dem Tisch stellte. Mit glühender Stimme sprach Delaura

Garcilaso nach: »*Für dich ward ich geboren, für dich leb' ich, für dich werd' ich sterben, und ich sterb' für dich.*« Sierva María lächelte, ohne ihn anzusehen. Um sicherzugehen, daß es sich nicht um ein Trugbild der Schatten handelte, schloß er die Augen. Als er sie wieder öffnete, war die Vision verschwunden, die Bibliothek aber war erfüllt von dem Duft ihrer Gardenien.

VIER

Pater Cayetano Delaura wurde vom Bischof dazu eingeladen, die Sonnenfinsternis unter der Pergola gelber Glockenblumen zu erwarten, dem einzigen Platz im Hause, von dem aus man einen Blick auf den Himmel über dem Meer hatte. Die Pelikane hingen mit ausgebreiteten Flügeln reglos in der Luft, wie im Flug gestorben. Der Bischof fächerte sich langsam, er lag in seiner an zwei Seilen mit Spillen befestigten Hängematte, wo er gerade Siesta gehalten hatte. Neben ihm wiegte sich Delaura in einem Schaukelstuhl aus Korbgeflecht. Beide waren in einem Zustand der Gnade, sie tranken Tamarindenwasser und schauten über die Ziegeldächer auf den weiten, wolkenlosen Himmel. Kurz nach zwei begann es zu dunkeln, die Hühner kehrten auf ihre Stangen zurück, und alle Sterne leuchteten gleichzeitig auf. Ein übernatürliches Frösteln ließ die Welt erschauern. Der Bischof hörte das Flattern der verspäteten Tauben, die im Dunkeln blind nach den Taubenschlägen suchten.

»Gott ist groß«, seufzte er. »Selbst die Tiere spüren es.«

Die Nonne, die gerade Dienst hatte, brachte ihm eine Öllampe und rußgeschwärzte Gläser, um die

Sonne zu sehen. Der Bischof richtete sich in der Hängematte auf und machte sich daran, die Sonnenfinsternis durch das Glas zu betrachten.

»Man muß mit einem Auge schauen«, sagte er und versuchte, das Pfeifen seines Atems zu unterdrücken, »sonst läuft man Gefahr, beide zu verlieren.«

Delaura hielt noch das Glas in der Hand, ohne auf die Sonnenfinsternis zu schauen. Nach einem langen Schweigen suchte der Bischof ihn im Halbdunkel und sah, daß seine glitzernden Augen ganz unberührt vom Zauber der falschen Nacht waren.

»An was denkst du?« fragte er.

Delaura antwortete nicht. Er sah die Sonne wie einen abnehmenden Mond, der ihm trotz des dunklen Glases die Netzhaut verletzte. Aber er schaute weiter hin.

»Du denkst immer noch an das Mädchen«, sagte der Bischof.

Cayetano erschrak, obwohl der Bischof auch sonst, häufiger als natürlich gewesen wäre, ins Schwarze traf. »Ich dachte, das gemeine Volk könnte die Leiden des Mädchens mit dieser Sonnenfinsternis in Verbindung bringen«, sagte er. Der Bischof schüttelte den Kopf, ohne den Blick vom Himmel zu wenden.

»Und wer weiß, ob nicht zu Recht?« sagte er. »Es ist nicht leicht, die Karten des Herrn zu lesen.«

»Dieses Ereignis wurde vor Tausenden von Jahren von assyrischen Astronomen berechnet«, sagte Delaura.

»Das ist die Antwort eines Jesuiten«, sagte der Bischof.

Einfach aus Zerstreutheit sah Cayetano ohne

Glas weiter in die Sonne. Um zwei Uhr zwölf sah sie wie eine vollkommene schwarze Scheibe aus, und einen Augenblick lang war es mitten am Tag tiefe Nacht. Sodann gewann die Eklipse ihre irdische Beschaffenheit wieder, und die Hähne des Morgengrauens begannen zu krähen. Als Delaura wegschaute, hielt sich der Feuerkreis auf seiner Netzhaut.

»Ich sehe immer noch die Eklipse«, sagte er vergnügt. »Wo immer ich hinschaue, da ist sie.«

Der Bischof erklärte das Schauspiel für beendet. »In ein paar Stunden verschwindet sie«, sagte er. In der Hängematte sitzend, streckte er sich, gähnte und dankte dem Herrn für den neuen Tag.

Delaura hatte den Faden nicht verloren.

»Bei allem Respekt, mein Vater«, sagte er, »ich glaube nicht, daß dieses Geschöpf vom Teufel besessen ist.«

Diesmal war der Bischof wahrhaft beunruhigt.

»Warum sagst du das?«

»Ich glaube, es ist nur völlig verstört«, sagte Delaura.

»Wir haben Beweise in Hülle und Fülle«, sagte der Bischof. »Oder liest du die Akten etwa nicht?«

Doch. Delaura hatte sie gründlich studiert, und sie gaben besser Auskunft über die Mentalität der Äbtissin als über den Zustand Sierva Marías. Man hatte Teufelsaustreibungen an allen Orten durchgeführt, an denen sich das Mädchen am Morgen seiner Ankunft aufgehalten hatte, sowie bei allem, was sie berührt hatte. Wer mit ihr Kontakt hatte, mußte fasten und sich Reinigungen unterwerfen. Die Novizin, die ihr am ersten Tag den Ring gestohlen hatte, wurde zu schweren Arbeiten im Gemüsegarten verurteilt. Es hieß, Sierva María habe sich damit vergnügt, einen Ziegenbock, den sie mit eigenen Händen geschlachtet hatte, zu zerteilen, und daß sie dann dessen Hoden und Augen, scharf gewürzt wie loderndes Feuer, gegessen habe. Sie spreize sich mit ihrem Sprachtalent, das ihr erlaube, sich mit Afrikanern jeglichen Stammes besser als diese untereinander zu verständigen, und sie könne sogar mit Tieren jeder Fellart sprechen. Am Morgen nach ihrer Ankunft seien die elf gefangenen Papageien, die seit zwanzig Jahren den Garten zierten, ohne Grund gestorben. Sie habe die Dienstboten mit dämonischen Gesängen in Bann geschlagen, die sie mit anderen Stimmen als der eigenen gesungen hatte. Wissend, daß die Äbtissin nach ihr suchte, habe sie sich nur für diese unsichtbar gemacht.«

»Dennoch glaube ich«, sagte Delaura, »was uns dämonisch vorkommt, das sind nur die Gewohnheiten der Neger, die das von den Eltern vernachlässigte Mädchen nachahmt.«

»Vorsicht!« warnte ihn der Bischof. »Der Feind weiß unsere Intelligenz besser zu nutzen als unsere Irrtümer.«

»Den größten Gefallen würden wir ihm aber bereiten, wenn wir ein gesundes Geschöpf exorzierten«, sagte Delaura.

Der Bischof geriet in Harnisch.

»Muß ich das so verstehen, daß du ungehorsam bist?«

»Sie müssen verstehen, daß ich mir auch weiterhin meine Zweifel erlaube, mein Vater«, sagte Delaura. »Doch ich gehorche in aller Demut.«

So ging er wieder zum Kloster, ohne den Bischof

überzeugt zu haben. Über dem linken Auge hatte er die Binde eines Einäugigen, die er nach Anweisung seines Arztes so lange tragen sollte, bis die auf der Netzhaut brennende Eklipse gelöscht war. Er spürte die Blicke, die ihm durch den Garten und die Korridore entlang bis hin zum Gefängnisbau folgten, doch niemand richtete das Wort an ihn. Das ganze Kloster mußte gewissermaßen erst von der Sonnenfinsternis genesen.

Als die Wächterin ihm Sierva Marías Zelle aufsperrte, spürte Delaura, wie ihm das Herz in der Brust zersprang, und er konnte sich kaum auf den Füßen halten. Nur um zu prüfen, wie ihre Stimmung an diesem Morgen war, fragte er, ob sie die Sonnenfinsternis gesehen habe. Tatsächlich hatte sie die von der Terrasse aus gesehen. Daß er eine Augenbinde tragen mußte, verstand sie nicht, da sie ungeschützt in die Sonne gesehen hatte und wohlauf war. Sie erzählte ihm, daß die Nonnen kniend die Sonnenfinsternis betrachtet hätten und das ganze Kloster gelähmt gewesen sei, bis die Hähne zu krähen begannen. Aber ihr sei das nicht als etwas von einer anderen Welt erschienen.

»Ich habe gesehen, was jede Nacht zu sehen ist«, sagte sie.

Etwas an ihr war anders, ohne daß Delaura es näher hätte bestimmen können. Das deutlichste Anzeichen dafür war ein Hauch von Traurigkeit. Er irrte sich nicht. Sobald er mit der ärztlichen Versorgung begonnen hatte, sah sie ihn mit ihren ängstlichen Augen an und sagte mit bebender Stimme:

»Ich werde sterben.«

Delaura erschauderte.

»Wer hat dir das gesagt?«

»Martina«, sagte das Mädchen.

»Hast du sie gesehen?«

Sierva María erzählte ihm, daß Martina zweimal in die Zelle gekommen sei, um ihr das Sticken beizubringen, und sie zusammen die Sonnenfinsternis gesehen hätten. Sie sagte ihm, daß Martina gut und sanft sei und die Äbtissin erlaubt habe, den Stickunterricht auf der Terrasse abzuhalten, wo man die Sonnenuntergänge am Meer sehen könne.

»Ach so«, sagte er, ohne mit den Wimpern zu zucken. »Und sie hat dir gesagt, wann du sterben wirst?«

Das Mädchen nickte und preßte, um nicht zu weinen, die Lippen zusammen.

»Nach der Sonnenfinsternis«, sagte sie.

»Nach der Sonnenfinsternis, das kann in den nächsten hundert Jahren sein«, sagte Delaura.

Er mußte sich aber auf die Behandlung konzentrieren, damit sie nicht merkte, daß ihm der Hals wie zugeschnürt war. Sierva María sagte nichts mehr. Verwundert über ihr Schweigen schaute er sie wieder an und sah, daß ihre Augen feucht waren.

»Ich habe Angst«, sagte sie.

Sie ließ sich auf das Bett fallen und weinte herzzerreißend. Er rückte näher an sie heran und versuchte sie mit den Mitteln eines Beichtvaters zu trösten. Erst da erfuhr Sierva María, daß Delaura nicht ihr Arzt, sondern ihr Exorzist war.

»Und warum behandeln Sie mich dann?« fragte sie ihn.

Seine Stimme zitterte:

»Weil ich dich sehr liebe.«

Sie nahm seine Kühnheit nicht wahr.

Auf dem Rückweg ging Delaura zu Martinas Zelle. Zum ersten Mal sah er sie aus der Nähe, ihre Haut war von Pocken zerfressen, ihr Schädel kahl, die Nase zu groß, und sie hatte Rattenzähne, doch ihre Ausstrahlung war sogleich wie ein materielles Fluidum zu spüren. Delaura zog es vor, von der Schwelle aus mit ihr zu sprechen.

»Dieses arme Mädchen hat schon Grund genug, verstört zu sein«, sagte er. »Ich bitte Sie, geben Sie ihm nicht noch größeren Anlaß.«

Martina war bestürzt. Nie wäre es ihr eingefallen, jemandem seinen Todestag vorauszusagen, und erst recht nicht einem so bezaubernden und wehrlosen Kind. Sie hatte Sierva María lediglich nach ihrem Zustand gefragt und aus drei oder vier Antworten geschlossen, daß sie zwanghaft log. Die Ernsthaftigkeit, mit der Martina ihm dies sagte, genügte Delaura, um zu begreifen, daß Sierva María auch ihn angelogen hatte. Er entschuldigte sich für seine Leichtfertigkeit und bat, dem Mädchen keine Vorhaltungen zu machen.

»Ich weiß sehr wohl, was ich jetzt zu tun habe«, schloß er.

Martina hüllte ihn in ihren Zauber. »Ich weiß, wer Euer Ehrwürden sind«, sagte sie, »und ich weiß, daß Ihr immer genau wißt, was Ihr tut.« Aber Delaura war niedergeschlagen, weil er hatte feststellen müssen, daß Sierva María keines Menschen Hilfe bedurft hatte, um in der Einsamkeit ihrer Zelle die Todesangst auszubrüten.

Im Laufe jener Woche ließ Mutter Josefa Miranda dem Bischof eine eigenhändig geschriebene

Denkschrift aller Klagen und Beanstandungen zukommen. Sie bat darum, die Klarissinnen von der Verantwortung für Sierva María zu entbinden, die sie als eine späte Strafe für längst gesühnte Schuld ansah. Sie zählte eine weitere Reihe von außergewöhnlichen Ereignissen auf, die in die Akten aufgenommen worden und nur durch einen dreisten Bund des Mädchens mit dem Teufel erklärbar waren. Der Schluß war eine bittere Beschwerde über Cayetano Delauras anmaßende Art, seine freie Denkungsart und seine persönliche Abneigung gegen sie, sowie über den Verstoß gegen die Ordensregel, kein Essen in das Kloster zu bringen.

Der Bischof zeigte die Denkschrift Delaura, sobald dieser heimgekommen war, und der las sie stehend, ohne daß sich ein Muskel in seinem Gesicht bewegte. Am Ende geriet er in Zorn.

»Wenn jemand von allen Dämonen besessen ist, dann Josefa Miranda«, sagte er. »Dämonen des Grolls, der Intoleranz, der Dummheit. Sie ist abscheulich!«

Der Bischof wunderte sich über Delauras Heftigkeit. Der bemerkte es und versuchte, sich in ruhigem Ton zu erklären.

»Ich will sagen«, sagte er, »sie mißt den Kräften des Bösen so viel Macht bei, daß man sie schon fast für eine Anbeterin des Teufels halten könnte.«

»Mein Amt erlaubt mir nicht, mit dir einer Meinung zu sein«, sagte der Bischof. »Aber ich wäre es gern.«

Er tadelte ihn für jeden Exzeß, den er sich möglicherweise hatte zuschulden kommen lassen, und bat ihn, den schwierigen Charakter der Äbtissin mit Geduld zu ertragen. »Die Evangelien sind voll von Frauen wie sie, oft mit noch schlimmeren Fehlern«, sagte er. »Und dennoch hat Jesus sie erhöht.« Er konnte nicht weitersprechen, da der erste Donner der Jahreszeit auf das Haus prallte und rollend über das Meer entkam und ein alttestamentarischer Wolkenbruch sie vom Rest der Welt abschnitt. Der Bischof legte sich in den Schaukelstuhl und verging in Wehmut.

»Wir sind so weit weg!« seufzte er.

»Von was?«

»Von uns selbst«, sagte der Bischof. »Findest du es gerecht, daß es ein Jahr lang dauern kann, bis man erfährt, daß man verwaist ist?« Und in Ermangelung einer Antwort, machte er seinem Heimweh Luft: »Allein der Gedanke, daß man in Spanien heute nacht schon geschlafen hat, erfüllt mich mit Schrecken.«

»Wir können nicht in die Rotation der Erde eingreifen«, sagte Delaura.

»Aber wir könnten sie ignorieren, um nicht darunter zu leiden«, sagte der Bischof. »Galilei hat es weniger an Glauben als an Herz gemangelt.«

Delaura kannte diese Krisen, die den Bischof in den Nächten trauriger Regenfälle quälten, seit das Alter ihn plötzlich überfallen hatte. Das einzige, was er für ihn tun konnte, war, ihn von seinen schwarzgalligen Gedanken abzulenken, bis der Schlaf den Bischof überwältigte.

ENDE APRIL WURDE die bevorstehende Ankunft des neuen Vizekönigs öffentlich ausgerufen. Don Rodrigo de Buen Lozano war auf der Durchreise zu seinem Regierungssitz in Santa Fé, er kam mit einem Gefolge von Räten und Beamten, mit seinen Dienern und seinen Leibärzten und einem Streichquartett, das ihm die Königin gegen die Langeweile in Amerika geschenkt hatte. Die Vizekönigin war mit der Äbtissin entfernt verwandt und hatte darum gebeten, im Kloster untergebracht zu werden.

Man vergaß Sierva María inmitten des Kalklöschens, der Teerdämpfe, des marternden Gehämmers und der lauten Flüche von Menschen aller Art, die in das Haus einfielen und bis zur Klausur vordrangen. Ein Baugerüst brach unter kolossalem Getöse zusammen, ein Maurer starb, und sieben weitere Arbeiter wurden verletzt. Die Äbtissin führte das Unglück auf Sierva Marías Hexerei zurück und nützte diese neue Gelegenheit, um darauf zu dringen, daß man sie während der Festtage in ein anderes Kloster verlegte. Das Hauptargument war diesmal, daß die Nähe einer Wahnsinnigen der Vizekönigin nicht zuzumuten sei. Der Bischof antwortete nicht.

Don Rodrigo de Buen Lozano war ein reifer und gutaussehender Mann aus Asturien, Meister im Pelotaspiel und im Rebhuhnschießen, der mit seinem Witz die zweiundzwanzig Jahre wettmachte, die er seiner Frau voraushatte. Er lachte mit dem ganzen Leib, sogar über sich selbst, und verpaßte keine Gelegenheit, das zu beweisen. Seitdem er die ersten karibischen Brisen gespürt hatte, durchweht von nächtlichen Trommeln und dem Duft reifer Guayaven, hatte er die frühlingshafte Kleidung abgelegt und lief mit nackter Brust durch die Kreise plaudernder Damen. Er stieg in Hemdsärmeln vom

Schiff, ohne Reden oder Salutschüsse. Ihm zu Ehren wurden die vom Bischof verbotenen Fandangos, Bundes und die Cumbiamba-Feste und auch Stier- und Hahnenkämpfe im Freien erlaubt.

Die Vizekönigin war fast noch ein junges Mädchen, sie war tatkräftig und etwas ungestüm und brach wie ein Wirbelwind von Neuigkeiten in das Kloster ein. Es gab keinen Winkel, den sie nicht inspizierte, kein Problem, das sie nicht verstand, noch irgend etwas Gutes, das sie nicht verbessern wollte. Bei dem Gang durchs Kloster wollte sie alles mit der Unbeschwertheit der Anfängerin erledigen. Das ging so weit, daß die Äbtissin es für klug hielt, ihr den schlechten Eindruck des Gefängnisses zu ersparen.

»Es lohnt sich nicht«, sagte sie. »Es gibt nur zwei Gefangene, und eine ist vom Teufel besessen.«

Das genügte, um das Interesse der Vizekönigin zu wecken. Es half nichts, daß die Zellen nicht hergerichtet und die Gefangenen nicht vorbereitet waren. Sobald sich die Türe öffnete, warf sich Martina Laborde der Vizekönigin zu Füßen und bat um Gnade.

Nach einem gescheiterten und einem gelungenen Fluchtversuch schien das nicht einfach. Den ersten hatte sie sechs Jahre zuvor über die zum Meer gelegene Terrasse gemeinsam mit drei anderen Nonnen unternommen, die aus unterschiedlichen Gründen und zu verschieden Strafen verurteilt waren. Eine hatte es geschafft. Damals ließ man die Fenster vergittern und den Patio unterhalb der Terrasse befestigen. Im Jahr darauf fesselten die drei Zurückgebliebenen die Wächterin, die damals im Gefängnisbau schlief, und entkamen durch einen Dienstboteneingang. In Absprache mit dem Beichtvater wurde Martina von ihrer Familie ins Kloster zurückgebracht. Vier lange Jahre blieb sie die einzige Gefangene und hatte nicht das Recht, Besuche im Lokutorium zu empfangen oder die sonntägliche Messe zu besuchen. Ein Gnadenerweis schien also unmöglich. Die Vizekönigin versprach jedoch, sich bei ihrem Gatten für sie zu verwenden.

In Sierva Marías Zelle war die Luft noch rauh von der Kalktünche und dem Nachgeschmack des Teers, aber es herrschte eine neue Ordnung. Sobald die Wächterin die Tür geöffnet hatte, fühlte sich die Vizekönigin von einem eisigen Hauch in Bann geschlagen. Sierva María saß in ihrem zerschlissenen Kittel und den schmutzigen Pantoffeln da und nähte geruhsam in einem Winkel, den ihre Ausstrahlung mit Licht erfüllte. Sie hob die Augen erst, als die Vizekönigin sie begrüßte. Diese erkannte in ihrem Blick die unwiderstehliche Kraft einer Offenbarung. »Heiliges Sakrament«, murmelte sie und machte einen Schritt in die Zelle.

»Vorsicht«, flüsterte ihr die Äbtissin ins Ohr. »Sie gleicht einer Tigerin.«

Sie hielt die Vizekönigin am Arm zurück. Diese trat nicht ein, doch allein der Anblick von Sierva María genügte ihr für den Vorsatz, sie zu erlösen.

Der Gouverneur der Stadt, ein Junggeselle und Weiberheld, gab für den Vizekönig ein Essen unter Männern. Es spielte das spanische Streichquartett, es spielte eine Dudelsack- und Trommelkapelle aus San Jacinto, es gab Tanz, und die Schwarzen boten Mojigangas dar, die unzüchtige Parodien auf die

Tänze der Weißen waren. Zum Dessert öffnete sich ein Vorhang im Hintergrund des Saals, und die abessinische Sklavin erschien, die der Gouverneur für ihr Gewicht in Gold gekauft hatte. Sie war mit einer fast durchsichtigen Tunika bekleidet, welche die Gefährlichkeit ihrer Blöße erhöhte. Nachdem sie sich den gewöhnlichen Geladenen von nahem gezeigt hatte, blieb sie vor dem Vizekönig stehen, und die Tunika glitt von ihrem Körper bis hinab zu den Füßen.

Ihr Vollkommenheit war beunruhigend. Die Schulter war nicht vom Brandeisen des Händlers und der Rücken nicht von der Initiale des ersten Besitzers entweiht worden, und die ganze Frau war ein Versprechen geheimnisvoller Nähe. Der Vizekönig erbleichte, schöpfte Luft und wischte mit einer Handbewegung die unerträgliche Erscheinung aus seinem Gedächtnis.

»Führt sie weg, um der Liebe Unseres Herren willen«, befahl er. »Ich möchte sie für den Rest meiner Tage nicht mehr sehen.«

Vielleicht als Vergeltung für die Frivolität des Gouverneurs stellte die Vizekönigin bei dem Abendessen, das die Äbtissin in ihrem privaten Speisezimmer für sie ausrichtete, Sierva María vor. Martina Laborde hatte ihnen eingeschärft: »Versucht nicht, ihr die Ketten und Armbänder abzunehmen, und Ihr werdet sehen, wie gut sie sich benimmt.« So war es. Man zog Sierva María das Kleid der Großmutter an, mit dem sie ins Kloster gekommen war, man wusch und kämmte ihr das Haar und ließ es offen, damit es schöner über den Boden schleppe, und die Vizekönigin selbst führte sie an der Hand zum Tisch ihres Mannes. Selbst die Äbtissin war überrascht von Sierva Marías Haltung, von ihrer lichten Ausstrahlung, dem Wunder der Haarflut. Die Vizekönigin flüsterte ihrem Mann ins Ohr:

»Sie ist vom Teufel besessen.«

Der Vizekönig wollte es nicht glauben. Er hatte in Burgos eine Besessene gesehen, die sich eine ganze Nacht lang pausenlos entleerte, bis das Zimmer überlief. Um Sierva María ein ähnliches Schicksal zu ersparen, vertraute er sie seinen Ärzten an. Diese bestätigten, daß sie kein Symptom der Tollwut aufweise, und stimmten mit Abrenuncio darin überein, daß mit einem Ausbrechen der Krankheit nicht mehr zu rechnen sei. Niemand fühlte sich jedoch befugt, daran zu zweifeln, daß sie vom Teufel besessen sei.

Der Bischof nutzte das Fest, um über die Denkschrift der Äbtissin und über den letzten Stand der Dinge bei Sierva María nachzudenken. Cayetano Delaura seinerseits schloß sich bei Maniokbrot und Wasser in die Bibliothek ein, um sich der vor dem Exorzismus notwendigen Reinigung zu unterziehen. Es gelang ihm nicht. Er verbrachte Nächte im Delirium und schlaflose Tage und schrieb leidenschaftliche Verse, sein einziges Mittel, die Begierden des Leibes zu beruhigen.

Einige jener Gedichte wurden, als man ein Jahrhundert später die Bibliothek räumte, in einem Bündel kaum entzifferbarer Papiere gefunden. Das erste und das einzige ganz lesbare Gedicht war eine Erinnerung an sich selbst, wie er zwölfjährig unter einem leichten Frühlingsregen im gepflasterten Hof des Seminars in Ávila auf seiner Schultruhe saß. Er war gerade nach einem mehrtägigen Maultierritt aus Toledo angekommen, er trug einen Anzug seines Vaters, der auf sein Maß umgeändert worden war, und hatte diese große Truhe, die doppelt soviel wog wie er selbst, da seine Mutter alles, was er brauchte, um ehrenvoll bis zum Ende seines Noviziats zu überleben, hineingepackt hatte. Der Pförtner half ihm, die Truhe bis zur Mitte des Hofs zu tragen, und überließ ihn dort unter dem Nieselregen seinem Schicksal.

»Trag sie in den dritten Stock«, sagte er. »Dort wird man dir deinen Platz im Schlafsaal zeigen.«

Im Nu hatte sich das ganze Seminar auf den Balkonen zum Hof versammelt und wartete gespannt darauf, was er, einziger Darsteller eines Theaterstücks, das nur er nicht kannte, mit der Truhe anfangen würde. Als er begriff, daß er mit niemandem rechnen konnte, holte er aus der Truhe die Sachen, die er in den Armen halten konnte, und trug sie über die steilen Treppen aus nacktem Stein hoch. Der Aufseher zeigte ihm seinen Platz in den zwei Bettreihen im Schlafsaal der Novizen. Cayetano legte seine Sachen auf das Bett, ging wieder hinunter in den Hof und stieg viermal hinauf, bis er fertig war. Zum Schluß packte er die leere Truhe am Griff und schleifte sie die Treppen hoch.

Die Lehrer und Schüler, die ihm von den Balkonen aus zuschauten, drehten sich nicht nach ihm um, wenn er am jeweiligen Stockwerk vorbeiging. Doch als er mit der Truhe hochkam, erwartete ihn der Pater Rektor auf dem Treppenabsatz des dritten Stockes und stimmte den Applaus an, in den alle anderen mit Ovationen einfielen. Cayetano wußte nun, er hatte mit Bravour den ersten Initiationsritus des Seminars durchlaufen, der darin bestand, die Truhe bis in den Schlafsaal zu schaffen, ohne etwas zu fragen und ohne jede Hilfe. Die Schnelligkeit seines Verstandes, seine freundliche Art und seine Charakterstärke wurden als beispielhaft für das Noviziat gepriesen.

Doch am meisten sollte ihn die Erinnerung an das Gespräch prägen, das der Rektor an jenem Abend in seinem Amtszimmer mit ihm führte. Er hatte Cayetano bestellt, um mit ihm über das einzige Buch zu sprechen, das sie in seiner Truhe gefunden hatten, es war zerfleddert, unvollständig und ohne Titelblatt, so wie er es zufällig aus einer der Kisten seines Vaters geborgen hatte. Er hatte es in den Nächten der Reise, soweit er konnte, gelesen und fieberte dem Ende entgegen. Der Pater Rektor wollte seine Meinung dazu wissen.

»Die werde ich wissen, wenn ich es fertiggelesen habe«, sagte er.

Mit einem Lächeln der Erleichterung schloß der Rektor das Buch weg.

»Du wirst es nie wissen«, sagte er. »Das ist ein verbotenes Buch.«

Sechsundzwanzig Jahre später, in der schattigen Bibliothek des Bistums, wurde ihm klar, daß er alle Bücher, die durch seine Hände gegangen waren, ob verboten oder nicht, gelesen hatte, nur jenes nicht. Die Empfindung durchschauerte ihn, daß an diesem Tag ein vollständiges Leben zu Ende ging. Ein anderes, unvorhersehbares, fing an.

Er hatte die Nachmittagsgebete seines achten

Fastentags begonnen, als man ihm meldete, der Bischof erwarte ihn zum Empfang des Vizekönigs in der Halle. Der Besuch kam überraschend, auch für den Vizekönig selbst, der bei seiner ersten Spazierfahrt durch die Stadt zur Unzeit auf den Gedanken gekommen war. Er mußte nun auf der blühenden Terrasse die Ziegeldächer betrachten, indes die erreichbaren Amtsträger dringend herbeizitiert und die Halle etwas in Ordnung gebracht wurde.

Der Bischof empfing ihn mit sechs Geistlichen seines Stabes. Zu seiner Rechten setzte er Cayetano Delaura, den er mit keinem anderen Titel als dessen vollständigen Namen vorstellte. Bevor er das Gespräch begann, ließ der Vizekönig einen mitleidigen Blick über die abblätternden Wände, die zerschlissenen Vorhänge, die Tischlermöbel von der billigsten Art und die vor Schweiß triefenden Geistlichen in ihren schäbigen Habiten schweifen. Der Bischof, in seinem Stolz getroffen, sagte: »Wir sind die Söhne von Joseph, dem Zimmermann.« Der Vizekönig machte eine verständnisvolle Geste und ging dazu über, seine Eindrücke der ersten Woche aufzuzählen. Er sprach von seinen hochfliegenden Plänen, den Handel mit den englischen Antillen auszubauen, wenn die Kriegswunden erst einmal geheilt seien, von der verdienstvollen staatlichen Intervention in das Erziehungswesen, von einer Förderung der Künste und der Literatur, damit diese kolonialen Vororte mit der Welt in Einklang kämen.

»Es sind Zeiten der Erneuerung«, sagte er.

Der Bischof stellte einmal mehr fest, wie leicht sich die weltliche Macht tat. Er wies mit seinem zittrigen Zeigefinger auf Delaura, ohne diesen anzusehen, und sagte zum Vizekönig:

»Hier hält sich Pater Cayetano über diese Neuigkeiten auf dem laufenden.«

Der Vizekönig folgte der Richtung des Zeigefingers und traf auf das entrückte Antlitz und die staunenden Augen, die ihn, ohne zu blinzeln, ansahen. Mit echtem Interesse frage er Delaura:

»Hast du Leibniz gelesen?«

»So ist es, Exzellenz«, sagte Delaura und präzisierte: »Meines Amtes wegen.«

Am Ende des Besuchs war offensichtlich, daß das Hauptinteresse des Vizekönigs Sierva Marías Lage galt. Um ihrer selbst willen, erklärte er, und um des Friedens der Äbtissin willen, deren Besorgnis ihn bewegt habe.

»Uns fehlen noch die endgültigen Beweise, aber die Akten des Klosters sagen uns, daß diese arme Geschöpf vom Teufel besessen ist«, sagte der Bischof. »Die Äbtissin weiß das besser als wir.«

»Sie glaubt, daß Ihr in eine Falle des Satans getappt seid«, sagte der Vizekönig.

»Nicht nur wir, sondern ganz Spanien«, sagte der Bischof. »Wir haben den Ozean überquert, um Christi Gesetz Geltung zu verschaffen, und das ist uns bei den Messen gelungen, bei den Prozessionen und den Patronatsfesten, aber nicht in den Seelen.«

Er sprach von Yucatán, wo man prächtige Kathedralen erbaut hatte, um die heidnischen Pyramiden zu verdecken, ohne zu bemerken, daß die Eingeborenen zur Messe kamen, weil unter den silbernen Altären ihre Heiligtümer weiterlebten. Er sprach von dem Blutmischmasch, für den sie seit der Conquista gesorgt hatten: spanisches Blut mit indianischem Blut, das eine und das andere vermengt mit dem von Schwarzen aller Art, sogar mit dem von muselmanischen Mandingas, und er fragte sich, ob für solch unreine Verbindungen ein Platz in Gottes Reich sei. Trotz der Atembeschwerden und seines Altmännerhustens sprach er zu Ende, ohne dem Vizekönig eine Pause zu gewähren:

»Was, wenn nicht eine Falle des Feindes, könnte all das sein?«

Der Vizekönig war bestürzt.

»Euer Hochwürden Ernüchterung wiegt schwer«, sagte er.

»Das müssen Euer Exzellenz nicht so sehen«, sagte der Bischof höflich. »Ich versuche zu verdeutlichen, welche Glaubenskraft wir benötigen, damit diese Menschen unseres Opfers würdig werden können.«

Der Vizekönig nahm seinen Gedanken wieder auf.

»Wenn ich recht verstehe, sind die Bedenken der Äbtissin praktischer Natur«, sagte er. »Sie meint, daß vielleicht andere Klöster bessere Voraussetzungen für einen so schwierigen Fall bieten.«

»Eure Exzellenz müssen wissen, daß wir Santa Clara ohne Zögern wegen Josefa Mirandas Geradlinigkeit, ihrer Tüchtigkeit und Autorität ausgewählt haben«, sagte der Bischof. »Und Gott weiß, daß wir recht haben.«

»Ich werde mir erlauben, ihr das zu übermitteln«, sagte der Vizekönig.

»Sie weiß es sehr wohl«, sagte der Bischof. »Mich beunruhigt nur, daß sie nicht wagt, es zu glauben.«

Als er das sagte, spürte er die Vorboten eines nahenden Asthmaanfalls, und er beschleunigte das Ende des Besuchs. Er erzählte, daß ihm von der Äbtissin eine Denkschrift mit Beschwerden vorliege, die er mit der wärmsten pastoralen Liebe zu erledigen versprach, sobald seine Gesundheit ihm das erlaube. Der Vizekönig dankte ihm dafür und beendete seinen Besuch mit einer persönlichen Geste. Auch er litt an hartnäckigem Asthma, und er bot dem Bischof seine Ärzte an. Der hielt das nicht für angebracht.

»Was mich angeht, so liegt schon alles in Gottes Hand«, sagte er. »Ich bin jetzt in dem Alter, in dem die Jungfrau gestorben ist.«

Im Gegensatz zur Begrüßung war die Verabschiedung langsam und zeremoniös. Drei der Geistlichen, unter ihnen Delaura, begleiteten den Vizekönig schweigend durch die düsteren Korridore bis zum Hauptportal. Die Leibwache des Vizekönigs hielt mit einem Zaun gekreuzter Hellebarden die Bettler in Schach. Bevor er in die Karosse stieg, wandte sich der Vizekönig Delaura zu, deutete mit seinem unanfechtbaren Zeigefinger auf ihn und sagte:

»Sorge dafür, daß ich dich nicht vergesse.«

Der Satz war so unerwartet und rätselhaft, daß es Delaura nur gelang, mit einer Verbeugung zu erwidern.

Der Vizekönig fuhr zum Kloster, um der Äbtissin von den Ergebnissen seines Besuchs zu berichten. Stunden später, schon mit dem Fuß auf dem Trittbrett, verweigerte er trotz des Drängens der Vizekönigin die Begnadigung von Martina Laborde, weil ihm dies kein guter Präzedenzfall für die vielen wegen Kapitalverbrechen Verurteilten zu sein schien, die er in den Gefängnissen vorgefunden hatte.

Der Bischof war vornübergebeugt sitzen geblieben und versuchte mit geschlossenen Augen, das Pfeifen seines Atems zu dämpfen, bis Delaura zurückkam. Die Adjutanten hatten sich auf Zehenspitzen zurückgezogen, und der Raum lag im Schatten. Der Bischof sah sich um, sah die leeren Stühle aufgereiht an der Wand stehen und Cayetano allein in der Halle. Er fragte ihn mit sehr leiser Stimme:

»Haben wir je einen so guten Menschen gesehen?«

Delaura antwortete mit einer mehrdeutigen Geste. Der Bischof richtete sich mühsam auf und stützte sich auf die Armlehne des Sessels, bis er seine Atmung unter Kontrolle hatte. Er wollte nicht zu Abend essen. Delaura beeilte sich, eine Lampe anzuzünden, um ihm auf dem Weg ins Schlafzimmer zu leuchten.

»Wir haben uns dem Vizekönig gegenüber nicht gut benommen«, sagte der Bischof.

»Gab es irgendeinen Grund, sich gut zu benehmen?« fragte Delaura. »Man klopft nicht ohne förmliche Anmeldung an die Tür eines Bischofs.«

Der Bischof war nicht dieser Meinung und ließ es ihn mit großer Lebhaftigkeit wissen. »Meine Tür ist die der Kirche, und er hat sich verhalten wie ein Christ von altem Schlag«, sagte er. »Ich habe mich wegen meines Brustleidens ungebührlich benommen, und ich muß etwas tun, um das wiedergutzumachen.« An der Tür zum Schlafzimmer hatte er schon Ton und Thema gewechselt und verabschiedete Delaura mit einem vertraulichen Schulterklopfen.

»Bete für mich heute nacht«, sagte er. »Ich fürchte, sie wird lang.«

In der Tat, er glaubte an dem Asthmaanfall zu sterben, den er während des Besuchs vorausgeahnt hatte. Da ihm weder ein Brechmittel aus Weinstein noch andere radikale Linderungsmittel Erleichterung verschafften, mußte er dringend zur Ader gelassen werden. Bei Tagesanbruch hatte er seinen guten Mut wiedergewonnen.

Cayetano, schlaflos in der benachbarten Bibliothek, bemerkte von all dem nichts. Er begann gerade mit den Morgengebeten, als ihm gemeldet wurde, daß der Bischof ihn in seinem Schlafzimmer erwarte. Er fand ihn beim Frühstück im Bett vor, bei einer Tasse Schokolade mit Brot und Käse dazu. Der Bischof atmete wie mit einem neuen Balg und war in exaltierter Stimmung. Cayetano brauchte ihn nur anzusehen, um zu wissen, daß er seine Entscheidung getroffen hatte.

So war es. Entgegen der Eingabe der Äbtissin sollte Sierva María im Kloster Santa Clara bleiben, und Pater Cayetano Delaura war, mit vollem Vertrauen des Bischofs, weiter für sie zuständig. Sie sollte nicht wie bisher unter Gefängnisbedingungen leben, sondern an den allgemeinen Vergünstigungen der Klosterbewohner teilhaben. Der Bischof dankte für die Akten, deren mangelnde Genauigkeit behindere jedoch die Klarheit des Prozesses, so daß der Exorzist nach seinem eigenen Urteil zu verfahren hatte. Zuletzt ordnete er an, Delaura möge in seinem Namen den Marqués besuchen, mit der Vollmacht alles Nötige zu regeln, sofern der Marqués Zeit habe und gesund genug sei, ihn zu empfangen.

»Es wird keine weiteren Instruktionen geben«, sagte der Bischof abschließend. »Gott segne dich.«

Cayetano eilte mit ungezügeltem Herzen zum Kloster, fand aber Sierva María nicht in ihrer Zelle vor. Sie saß im Veranstaltungssaal, bedeckt mit echten Juwelen, die Haarmähne zu ihren Füßen ausgebreitet, und posierte mit ihrer großartigen Würde einer Schwarzen für einen berühmten Porträtmaler aus dem Gefolge des Vizekönigs. Ebenso bewundernswert wie ihre Schönheit war die Einsicht, mit der sie dem Künstler gehorchte. Cayetano geriet in Ekstase. Er saß im Schatten und sah sie, ohne gesehen zu werden, und er hatte reichlich Zeit, jeglichen Zweifel aus seinem Herzen zu tilgen.

Zur neunten Stunde war das Bildnis vollendet. Der Maler prüfte es aus der Distanz, fügte zwei oder drei letzte Pinselstriche hinzu und bat Sierva María, sich das Bild anzusehen, bevor er es signierte. Es glich ihr aufs Haar und zeigte sie auf einer Wolke stehend, inmitten eines Hofstaats untertäniger Dämonen. Sie betrachtete das Bild ohne Hast und erkannte sich im Glanz ihrer Jahre. Schließlich sagte sie:

»Es ist wie ein Spiegel.«

»Auch wegen der Dämonen?« frage der Maler.

»So sind sie«, sagte sie.

Nach der Sitzung begleitete Cayetano sie zu ihrer Zelle. Nie hatte er Sierva María gehen gesehen, und sie schritt mit der Anmut und Leichtigkeit einher, mit der sie tanzte. Nie hatte er sie anders gekleidet gesehen als mit dem Kittel der Klosterfrauen, und das königliche Kleid verlieh ihr ein Alter und eine Eleganz, die ihm enthüllten, wie sehr sie schon eine Frau war. Nie waren sie zusammen gegangen, und ihn entzückte die Unbefangenheit, mit der sie einander geleiteten.

Die Zelle hatte sich verändert dank der Überredungskünste des Vizekönigspaars, das bei seinem Abschiedsbesuch die Äbtissin von den guten Absichten des Bischofs überzeugt hatte. Es gab eine neue Matratze, Laken aus Leinen und ein Federkissen, und man hatte Utensilien für die tägliche Körperpflege und das Bad bereitgestellt. Das Licht des Meeres drang durch das unvergitterte Fenster herein und leuchtete auf den frisch gekalkten Wänden. Da Sierva María das gleiche Essen wie die Klausurnonnen bekam, war es nicht mehr nötig, etwas von draußen mitzubringen, doch Delaura gelang es immer, ein paar Köstlichkeiten von den Portalen hereinzuschmuggeln.

Sierva María wollte das Abendessen mit ihm teilen, und Delaura begnügte sich mit einem der Biskuits, die den Ruf der Klarissinnen ausmachten. Während sie aßen, machte sie beiläufig eine Bemerkung:

»Ich habe den Schnee kennengelernt.«

Cayetano war nicht beunruhigt. Man hatte schon früher einmal von einem Vizekönig gehört, der Schnee aus den Pyrenäen bringen lassen wollte, damit die Eingeborenen ihn kennenlernten, wußte er doch nicht, daß wir selbst Schnee haben, der in der Sierra Nevada de Santa Marta, fast im Meer, liegt. Womöglich hatte Don Rodrigo de Buen Lozano mit seinen neuartigen Künsten diese Ruhmestat zu einem krönenden Abschluß geführt.

»Nein«, sagte das Mädchen. »Es war ein Traum.«

Sie erzählte ihn: Sie saß an einem Fenster, vor dem dichter Schnee fiel, während sie Stück für Stück die Beeren von einer Traube, die in ihrem Schoß lag, abpflückte und aß. Delaura spürte den Flügelschlag des Entsetzens. Zitternd vor der ausstehenden letzten Antwort, wagte er zu fragen.

»Wie endete es?«

»Ich habe Angst, es Ihnen zu erzählen«, sagte Sierva María.

Mehr brauchte er nicht zu hören. Er schloß die Augen und betete für sie. Als er geendet hatte, war er ein anderer.

»Mach dir keine Sorgen«, sagte er. »Ich verspreche dir, daß du sehr bald frei und glücklich sein wirst, dank der Gnade des Heiligen Geistes.«

BERNARDA HATTE BIS DAHIN NICHT GEWUSST, daß Sierva María im Kloster war. Sie erfuhr es beinahe zufällig eines Abends, als sie Dulce Olivia beim Fegen und Aufräumen des Hauses traf und sie für eine ihrer Halluzinationen hielt. Auf der Suche nach einer rationalen Erklärung begann sie, Zimmer um Zimmer zu durchsuchen, und im Laufe ihres Rundgangs fiel ihr auf, daß sie Sierva María schon lange nicht mehr gesehen hatte. Caridad del Cobre sagte ihr, was sie wußte: »Der Herr Marqués hat uns gesagt, daß sie weit weg führe und daß wir sie nicht mehr sehen würden.« Da im Schlafzimmer ihres Mannes das Licht brannte, trat Bernarda, ohne anzuklopfen, ein.

Er lag schlaflos in der Hängematte, umgeben vom Rauch der Kuhfladen, die vor sich hin glimmten, um die Moskitos zu vertreiben. Er sah die seltsame Frau, verklärt in ihrem Seidenumhang, und auch er dachte, es sei eine Erscheinung, denn sie war bleich und welk und schien von sehr weit her zu kommen. Bernarda fragte ihn nach Sierva María.

»Sie ist seit Tagen nicht mehr bei uns«, sagte er.

Sie verstand das im schlimmsten Sinne und mußte sich in den erstbesten Sessel setzen, um Luft zu schöpfen.

»Soll das heißen, Abrenuncio hat getan, was getan werden mußte?« sagte sie.

Der Marqués bekreuzigte sich:

»Gott bewahre!«

Er erzählte ihr die Wahrheit. Er war so feinfühlig, Bernarda zu erklären, daß er sie deshalb nicht rechtzeitig informiert habe, weil sie gewünscht hatte, wie eine Verstorbene behandelt zu werden. Bernarda hörte ihm zu, ohne mit der Wimper zu zucken, mit der Aufmerksamkeit, die er ihr in den zwölf Jahren des schlechten gemeinsamen Lebens nicht wert gewesen war.

»Ich wußte, es würde mich mein Leben kosten«, sagte der Marqués, »aber als Preis für das ihre.«

Bernarda seufzte. »Das heißt, unsere Schande ist jetzt öffentlich.« Sie sah an den Lidern ihres Mannes das Glitzern einer Träne, und ein Zittern stieg aus ihren Eingeweiden hoch. Diesmal war es nicht der Tod, sondern die unausweichliche Gewißheit dessen, was früher oder später geschehen mußte. Sie irrte sich nicht. Der Marqués stand mit letzter Kraft aus seiner Hängematte auf, sackte vor Bernarda zusammen und brach in das rauhe Schluchzen eines unnützen alten Mannes aus. Sie kapitulierte vor diesen Mannestränen, die brennend durch die Seide hindurch über ihre Schenkel liefen. Sie gestand, daß, sosehr sie Sierva María auch haßte, es doch eine Erleichterung sei, sie am Leben zu wissen.

»Ich habe immer alles verstanden, nur nicht den Tod«, sagte sie.

Sie sperrte sich wieder mit Melasse und Kakao in ihr Zimmer ein, und als sie nach zwei Wochen herauskam, war sie ein wandelnder Leichnam. Der Marqués hatte seit dem frühen Morgen Reisevorbereitungen gehört, dem aber keine Aufmerksamkeit geschenkt. Bevor die Sonne heiß wurde, sah er Bernarda auf einem zahmen Maultier durch das Hoftor hinausreiten, gefolgt von einem Lasttier mit dem Gepäck. Viele Male war sie so aufgebrochen, ohne Maultiertreiber oder Sklaven, ohne sich von jemandem zu verabschieden oder irgendeine Erklärung. Dieses Mal jedoch wußte der Marqués, daß sie ging, um nicht zurückzukehren, denn sie hatte neben dem üblichen Koffer die zwei Tonkrüge voller Gold dabei, die seit Jahren unter ihrem Bett vergraben gewesen waren.

Untätig in der Hängematte befiel den Marqués wieder die Angst, von den Sklaven abgestochen zu werden, und er verbot ihnen, tagsüber das Haus zu betreten. So mußte Cayetano Delaura, als er ihn im Auftrag des Bischofs besuchte, das Tor aufdrücken und unaufgefordert eintreten, weil sich niemand auf die Schläge des Türklopfers hin meldete. Die Hunde tobten in ihren Käfigen, aber er ging weiter. Im Garten, in der Hängematte, hielt der Marqués in seinem sarazenischen Kapuzenmantel und der toledanischen Mütze Siesta, von oben bis unten mit abgefallenen Orangenblüten bedeckt. Delaura betrachtete ihn, ohne ihn zu wecken, und es war, als sähe er Sierva María, hinfällig und zerstört von der Einsamkeit. Der Marqués wachte auf und erkannte ihn wegen der Augenbinde nicht gleich. Delaura hob die Hand mit ausgestreckten Fingern als Zeichen des Friedens.

»Gott schütze Euch, Señor Marqués«, sagte er. »Wie geht es Euch?«

»So«, sagte der Marqués. »Ich verrotte.«

Mit schlaffer Hand schob er die Spinnweben der Siesta beiseite und setzte sich in der Hängematte auf. Cayetano entschuldigte sich dafür, unaufgefordert eingetreten zu sein. Der Marqués erklärte ihm, daß niemand auf den Türklopfer achte, weil sich die Gewohnheit, Besuch zu empfangen, verloren habe. Delaura sprach in feierlichem Ton: »Der Herr Bischof, der sehr beschäftigt und asthmakrank ist, schickt mich als seinen Vertreter.« Nachdem das Eingangsprotokoll absolviert war, setzte er sich neben die Hängematte und kam zu der Angelegenheit, die ihm in den Eingeweiden brannte.

»Ich möchte Euch davon in Kenntnis setzen, daß mir das seelische Wohl Eurer Tochter überantwortet worden ist.«

Der Marqués sprach ihm seinen Dank aus und wollte wissen, wie es ihr ging.

»Gut«, sagte Delaura. »Aber ich möchte, daß es ihr mit meiner Hilfe noch besser geht.«

Er erklärte Sinn und Methode des Exorzismus. Er sprach zu ihm von der Macht, die Jesus seinen

Jüngern gegeben habe, aus den Leibern die bösen Geister zu vertreiben und Krankheiten und Schwächen zu heilen. Er erzählte ihm das biblische Beispiel von Legion und dessen in zweitausend Schweine gefahrenen Dämonen. Die Hauptsache aber sei, erst einmal festzustellen, ob Sierva María wirklich besessen sei. Er glaube es nicht, aber er brauche die Hilfe des Marqués, um jeglichen Zweifel auszuräumen. Vor allem, sagte er, wolle er wissen, wie die Tochter gewesen sei, bevor sie ins Kloster kam.

»Ich weiß es nicht«, sagte der Marqués. »Es ist mir, als hätte ich sie immer weniger gekannt, je mehr ich sie kennenlernte.«

Ihn quälte die Schuld, sie auf dem Patio der Sklaven sich selbst überlassen zu haben. Darauf führte er ihr Schweigen zurück, das Monate dauern konnte; auch die Ausbrüche von irrationaler Heftigkeit, die Listigkeit, mit der sie die Mutter narrte, indem sie die Schellen, die diese ihr ums Handgelenk gebunden hatte, den Katzen anhängte. Die größte Hürde, sie kennenzulernen, war ihr Laster, aus Lust zu lügen.

»Wie die Schwarzen«, sagte Delaura.

»Die Schwarzen lügen uns, aber nicht einander an«, sagte der Marqués.

In ihrem Schlafzimmer konnte Delaura mit einem einzigen Blick die zahlreichen Gebrauchsgegenstände der Großmutter von Sierva Marías neuen Sachen unterscheiden: bewegliche Puppen, aufziehbare Tänzerinnen, Spieluhren. Auf dem Bett lag, wie der Marqués es gepackt hatte, das Köfferchen, mit dem er die Tochter ins Kloster gebracht hatte. Die verstaubte Theorbe stand irgendwo in einer Ecke. Der Marqués erklärte, dies sei ein außer Gebrauch gekommenes italienisches Instrument, und stellte die Fähigkeit des Kindes, darauf zu spielen, übertrieben heraus. Zerstreut begann er sie zu stimmen und spielte dann nicht nur gut aus dem Gedächtnis, sondern sang auch das Lied, das er mit Sierva María zu singen pflegte.

Es war ein sprechender Augenblick. Die Musik sagte Delaura das, was der Marqués ihm nicht über die Tochter hatte sagen können. Dieser war seinerseits so bewegt, daß er das Lied nicht zu Ende singen konnte. Er seufzte:

»Sie können sich nicht vorstellen, wie gut ihr der Hut stand.«

Delaura wurde von seiner Gefühlsaufwallung angesteckt.

»Ich sehe, Sie lieben sie sehr«, sagte er.

»So ist es«, sagte der Marqués. »Ich gäbe meine Seele, um sie sehen zu können.«

Delaura spürte einmal mehr, daß der Heilige Geist nicht das kleinste Detail außer acht ließ.

»Nichts leichter als das«, sagte er, »falls wir beweisen können, daß sie nicht besessen ist.«

»Sprechen Sie mit Abrenuncio«, sagte der Marqués. »Der hat von Anfang an gesagt, Sierva sei gesund, aber nur er kann es erklären.«

Delaura sah das Dilemma. Abrenuncio konnte ihm nützlich sein, aber mit ihm zu sprechen, konnte unerwünschte Folgen haben. Der Marqués schien seine Gedanken zu lesen.

»Er ist ein außerordentlicher Mann«, sagte er.

Delaura wiegte bedeutsam den Kopf.

»Ich kenne die Akten des Heiligen Offiziums«, sagte er.

»Kein Opfer ist zu groß, um sie zurückzugewinnen«, beharrte der Marqués. Und da Delaura keine Reaktion zeigte, schloß er:

»Ich bitte Sie, um der Liebe Gottes willen.«

Mit wundem Herzen sagte Delaura:

»Ich flehe Sie an, lassen Sie mich nicht noch mehr leiden.«

Der Marqués drängte nicht weiter. Er nahm das Köfferchen vom Bett und bat Delaura, es der Tochter zu bringen:

»Dann weiß sie wenigstens, daß ich an sie denke«, sagte er.

Delaura floh, ohne sich zu verabschieden. Er barg das Köfferchen unter seinem Umhang, in den er sich fest hüllte, weil es in Strömen goß. Erst nach einer Weile wurde ihm bewußt, daß seine innere Stimme einzelne Verse des Theorbenlieds wiederholte. Vom Regen gepeitscht, begann er, es laut zu singen, wiederholte es aus der Erinnerung bis zum Ende. Im Handwerkerviertel bog er, immer noch singend, an der Wallfahrtskapelle links ab und klopfte an Abrenuncios Tür.

Nach langem Schweigen hörte man die schleppenden Schritte und die noch verschlafene Stimme:

»Wer ist da?«

»Das Gesetz«, sagte Delaura.

Es fiel ihm nichts anderes ein, um nicht seinen Namen rufen zu müssen. Abrenuncio öffnete das Tor in der Annahme, daß es tatsächlich Regierungsbüttel waren, und erkannte ihn nicht. »Ich bin der Bibliothekar der Diözese«, sagte Delaura. Der

Arzt gab ihm den Weg in den dunklen Eingangsflur frei und half ihm, den durchnäßten Umhang abzulegen. In dem ihm eigenen Stil fragte er ihn auf lateinisch:

»In welcher Schlacht haben Sie dieses Auge verloren?«

Delaura erzählte ihm in seinem klassischen Latein von dem Mißgeschick bei der Sonnenfinsternis und verbreitete sich in Einzelheiten über die Hartnäckigkeit des Übels, obwohl ihm der Arzt des Bischofs doch versichert habe, daß die Augenbinde ein unfehlbares Mittel sei. Abrenuncio aber achtete lediglich auf die Reinheit seines Lateins.

»Es ist von absoluter Vollkommenheit«, sagte er staunend. »Wo haben Sie es her?«

»Aus Ávila«, sagte Delaura.

»Um so verdienstvoller«, sagte Abrenuncio.

Er ließ ihn die Sandalen und die Soutane ausziehen, wrang sie aus und warf ihm seinen Umhang eines Freigelassenen über die Hose. Dann nahm er ihm die Augenbinde ab und warf sie in die Müllkiste. »Krankhaft an diesem Auge ist nur, daß es mehr sieht, als es sollte«, sagte er. Delaura war gebannt von der Menge Bücher, die sich in dem Raum häuften. Abrenuncio bemerkte es und führte ihn zur Hausapotheke, wo noch viel mehr Bücher in Regalen bis zur Decke standen.

»Heiliger Geist!« rief Delaura aus. »Das ist die Bibliothek von Petrarca.«

»Um etwa zweihundert Bände umfangreicher«, sagte Abrenuncio.

Er ließ ihn nach Lust herumstöbern. Es gab Unika, die in Spanien das Gefängnis kosten konnten.

Delaura erkannte sie, blätterte verzückt darin und stellte sie mit wehem Herzen in die Regale zurück. An bevorzugtem Platz, neben dem ewigen *Fray Gerundio,* fand er den gesamten Voltaire auf französisch und eine lateinische Übersetzung der *Philosophischen Briefe.*

»Voltaire auf lateinisch, das ist fast eine Ketzerei«, sagte er scherzend.

Abrenuncio erzählte ihm, die Übersetzung sei von einem Mönch aus Coimbra, der sich den Luxus leistete, zur Freude der Pilger seltene Bücher herzustellen. Während Delaura darin blätterte, fragte der Arzt ihn, ob er Französisch könne.

»Ich spreche es nicht, aber ich lese es«, sagte Delaura auf lateinisch. Und fügte ohne falsche Scham hinzu: »Und außerdem Griechisch, Englisch, Italienisch, Portugiesisch und ein wenig Deutsch.«

»Ich frage wegen Ihrer Bemerkung zur Voltaire«, sagte Abrenuncio. »Eine vollkommene Prosa.«

»Und sie bereitet uns die meisten Schmerzen«, sagte Delaura. »Schade, daß sie von einem Franzosen ist.«

»Das sagen Sie, weil Sie Spanier sind«, sagte Abrenuncio.

»Bei soviel gemischtem Blut weiß ich in meinem Alter schon nicht mehr genau, woher ich stamme«, sagte Delaura, »noch wer ich bin.«

»Niemand weiß das in diesen Reichen«, sagte Abrenuncio. »Und ich glaube, es werden Jahrhunderte vergehen, bis man es weiß.«

Delaura sprach mit ihm, ohne die Durchsicht der Bibliothek zu unterbrechen. Plötzlich, wie es ihm häufig geschah, erinnerte er sich an jenes Buch, das der Rektor bei dem Zwölfjährigen konfisziert hatte und von dem er nur eine Episode behalten hatte, die er sein Leben lang jedwedem, der ihm bei der Suche hätte helfen können, wiederholte.

»Erinnern Sie sich an den Titel?« fragte Abrenuncio.

»Ich habe ihn nie gewußt«, sagte Delaura. »Und ich gäbe alles und jedes, um das Ende zu kennen.«

Ohne Ankündigung legte der Arzt ihm ein Buch vor, das Delaura auf den ersten Blick erkannte. Es war eine alte sevillanische Ausgabe von den vier Büchern des *Amadis von Gallien*. Delaura sah sie sich genau an, er zitterte und wußte, daß er kurz davor war, unrettbar verloren zu sein. Schließlich traute er sich:

»Wissen Sie, daß dies Buch verboten ist?«

»So wie die besten Romane dieser Jahrhunderte«, sagte Abrenuncio. »Und statt dessen werden nur noch Traktate für gelehrte Männer gedruckt. Was sollten denn die Armen von heute lesen, wenn sie nicht heimlich die Ritterromane läsen?«

»Es gibt auch andere«, sagte Delaura. »Hundert Exemplare von der Erstausgabe des *Quijote* wurden hier im Erscheinungsjahr gelesen.«

»Nicht gelesen«, sagte Abrenuncio. »Sie sind auf dem Weg in die verschiedenen Reiche durch den Zoll gegangen.«

Delaura achtete nicht auf ihn, hatte er doch das kostbare Exemplar des *Amadis von Gallien* wiedererkannt.

»Dieses Buch ist vor neun Jahren aus der Geheimabteilung unserer Bibliothek verschwunden, und wir haben nie eine Spur davon gefunden«, sagte er.

»Das hätte ich mir denken können«, sagte Abrenuncio. »Aber es gibt andere Gründe, dieses Buch für ein historisches Exemplar zu halten: Über ein Jahr ist es zwischen mindestens elf Personen von Hand zu Hand gegangen, und mindestens drei davon sind gestorben. Als Opfer einer unbekannten Ausdünstung, da bin ich sicher.«

»Es wäre meine Pflicht, Sie beim Heiligen Offizium anzuzeigen«, sagte Delaura.

Abrenuncio nahm es als Scherz auf:

»Habe ich etwas Ketzerisches gesagt?«

»Ich sage es, weil Sie hier ein verbotenes Buch haben, das Ihnen nicht gehört, und das Sie nicht gemeldet haben.«

»Ich habe dieses und viele andere«, sagte Abrenuncio und deutete mit einem weiten Kreis des Zeigefingers auf seine überladenen Regale. »Aber wenn es darum ginge, wären Sie schon vor langem gekommen, und ich hätte Ihnen nicht die Tür geöffnet.« Er wandte sich ihm zu und schloß gutlaunig: »Statt dessen freue ich mich, daß Sie jetzt gekommen sind, wegen des Vergnügens, Sie hier zu sehen.«

»Der Marqués, der in Sorge um seine Tochter ist, hat mir zu kommen empfohlen«, sagte Delaura.

Abrenuncio hieß ihn, sich ihm gegenüberzusetzen, und während ein apokalyptisches Unwetter das Meer aufwühlte, gaben sich beide dem Laster des Gesprächs hin. Der Arzt lieferte eine intelligente und gelehrte Darstellung der Tollwut seit den Anfängen der Menschheitsgeschichte, sprach von ihren ungestraften Beutezügen, von der tausendjährigen Unfähigkeit der ärztlichen Kunst, diese zu verhindern. Er führte bedauerliche Beispiele dafür an, wie seit jeher die Krankheit mit dämonischer Besessenheit verwechselt worden war, so wie auch mit bestimmten Formen des Wahnsinns und anderen Verwirrungen des Geistes. Was Sierva María anginge, so schiene es ihm höchst unwahrscheinlich, daß sie nach nun hundertfünfzig Tagen noch erkranke. Es bestehe einzig die Gefahr, schloß Abrenuncio, daß das Mädchen wie so viele andere an der Grausamkeit der Exorzismen stürbe.

Der letzte Satz erschien Delaura eine eher für die mittelalterliche Medizin typische Übertreibung, aber er widersprach nicht, denn es paßte gut in seine theologischen Beweise dafür, daß das Mädchen nicht besessen war. Er sagte, daß die drei dem Spanischen und Portugiesischen so unähnlichen afrikanischen Sprachen Sierva Marías mitnichten die satanische Fracht trügen, die ihnen im Kloster zugeschrieben werde. Es gab zahlreiche Zeugnisse dafür, daß sie über bemerkenswerte physische Kräfte verfüge, aber nichts sprach dafür, daß es sich um eine übernatürliche Macht handelte. Man hatte auch keine Anzeichen von Levitation oder Vorausschau festgestellt, zwei Phänomene, die immerhin auch als sekundäre Beweise von Heiligkeit gelten konnten. Dennoch hatte Delaura sich um die Unterstützung von bedeutenden Konfratres, auch aus anderen Gemeinden, bemüht, aber keiner hatte es gewagt, sich gegen die Akten des Klosters auszusprechen oder der Leichtgläubigkeit im Volk entgegenzutreten. Aber er war sich dessen bewußt, daß weder sein Urteil noch das Abrenuncios und erst recht nicht das von beiden zusammen irgend jemanden überzeugen würde.

»Das wären Sie und ich gegen alle«, sagte er.

»Deshalb hat es mich gewundert, daß Sie gekommen sind«, sagte Abrenuncio. »Ich bin nichts weiter als ein begehrtes Beutestück im Jagdrevier der Inquisition.«

»In Wahrheit weiß ich selbst nicht einmal genau, warum ich gekommen bin«, sagte Delaura. »Es sei denn, dieses Geschöpf ist mir vom Heiligen Geist auferlegt worden, um die Kraft meines Glaubens zu prüfen.«

Schon das auszusprechen, befreite ihn vom Druck der zurückgehaltenen Seufzer. Abrenuncio sah ihm in die Augen und bis auf den Grund seiner Seele und bemerkte, daß Delaura dem Weinen nahe war.

»Quälen Sie sich nicht umsonst«, sagte er in beruhigendem Tonfall. »Vielleicht sind Sie nur gekommen, weil Sie über sie sprechen mußten.«

Delaura fühlte sich nackt. Er stand auf, suchte den Weg zur Tür und stürmte nicht fort, weil er nur halb angekleidet war. Abrenuncio half ihm, die noch nasse Kleidung anzuziehen, und versuchte dabei, ihn aufzuhalten, um das Gespräch fortsetzen zu können. »Mit Ihnen würde ich mich ohne Pause bis ins nächste Jahrhundert hinein unterhalten«, sagte er. Er versuchte ihn mit einem Fläschchen eines klaren Augenwassers zurückzuhalten, das die hartnäckige Eklipse auf seiner Netzhaut heilen sollte. Er ließ ihn von der Tür zurückkehren, um das Köfferchen zu suchen, das er irgendwo im Hause stehengelassen hatte. Doch Delaura schien von einem tödlichen Schmerz ergriffen. Er bedankte sich für den Nachmittag, die ärztliche Hilfe, das

Augenwasser, aber er ließ sich nichts weiter als das Versprechen abringen, ein andermal mit mehr Zeit zu kommen.

Er konnte dem Verlangen, Sierva María zu sehen, nicht länger widerstehen. Auf der Straße bemerkte er kaum, daß es dunkle Nacht war. Es hatte aufgehört zu regnen, doch die Abzugsgräben waren bei dem Gewitter übergelaufen, und Delaura stapfte, das Wasser bis an die Knöchel, in der Straßenmitte voran. Die Pförtnerin des Klosters versuchte sich ihm in den Weg zu stellen, weil das Abendläuten bevorstand. Er schob sie beiseite:

»Befehl des Herrn Bischof.«

Sierva María wachte erschreckt auf und erkannte ihn nicht im Finsteren. Er wußte nicht, wie er ihr erklären sollte, daß er zu einer so ungewohnten Zeit kam, und griff die Ausrede aus der Luft:

»Dein Vater will dich sehen.«

Das Mädchen erkannte das Köfferchen, und ihr Gesicht brannte vor Zorn.

»Aber ich will nicht«, sagte sie.

Verwirrt fragte er sie, warum.

»Darum«, sagte sie. »Lieber sterbe ich.«

Delaura versuchte, den Riemen von dem gesunden Knöchel zu lösen, und glaubte, ihr damit einen Gefallen zu tun.

»Lassen Sie mich«, sagte sie. »Fassen Sie mich nicht an.«

Er hörte nicht darauf, und das Mädchen spuckte ihm wild ins Gesicht. Er blieb standhaft und bot ihr die andere Wange dar. Sierva María bespuckte ihn weiter. Er wandte ihr wieder die andere Wange zu, berauscht von der Woge verbotener Lust, die aus seinen Eingeweiden aufstieg. Er schloß die Augen und betete mit dem Herzen, während sie weiterspuckte und um so wilder wurde, je mehr er es genoß, bis sie merkte, wie nutzlos ihr Zorn war. Dann erlebte Delaura das furchterregende Schauspiel einer wahrhaft Tobsüchtigen. Sierva Marías Haare bekamen ein Eigenleben und wanden sich wie die Schlangen der Medusa, aus dem Mund quoll grüner Geifer und ein Schwall Flüche in den Sprachen von Götzendienern. Delaura zückte sein Kruzifix, näherte es ihrem Gesicht und schrie entsetzt:

»Entweiche, du Höllenbestie, wer immer du auch sein magst.«

Seine Schreie schürten die des Mädchens, das fast die Schnallen der Riemen zerbrach. Die Wächterin kam erschrocken herbeigelaufen und versuchte, Sierva María zu zügeln, doch das brachte erst Martina mit ihrer himmlischen Art fertig. Delaura floh.

Der Bischof hatte beim Abendessen besorgt auf ihn gewartet, weil er nicht zum Vorlesen gekommen war. Ihm wurde klar, daß Delaura auf einer eigenen Wolke schwebte, wo ihn nichts von dieser oder der anderen Welt kümmerte, außer dem entsetzlichen Bild einer vom Teufel verdorbenen Sierva María. Delaura floh in die Bibliothek, konnte aber nicht lesen. Er betete mit erbittertem Glauben, sang das Lied der Theorbe, weinte Tränen siedenden Öls, das in seinen Eingeweiden brannte. Er öffnete Sierva Marías Köfferchen und legte die Sachen Stück für Stück auf den Tisch. Er erkannte sie, roch an ihnen mit einer drängenden Begier des Leibes, liebte sie, sprach in obszönen Hexametern mit ihnen, bis er am Ende war. Dann entblößte er seinen

Oberkörper, holte aus der Schublade des großen Tisches die eiserne Geißel, die er nie anzurühren gewagt hatte, und begann sich mit einem unstillbaren Haß zu züchtigen, der ihm keine Ruhe gönnte, bis nicht auch noch die letzte Spur Sierva Marías aus seinem Leib gelöscht war. Der Bischof, der immer noch auf ihn gewartet hatte, fand ihn, wie er sich in einer Lache aus Blut und Tränen wälzte.

»Es ist der Teufel, mein Vater«, sagte Delaura. »Der schlimmste von allen.«

FÜNF

Der Bischof bestellte ihn zur Rechenschaft in sein Amtszimmer und hörte ohne Nachsicht seine schonungslose und vollständige Beichte, und er war sich dessen bewußt, nicht ein Sakrament zu erteilen, sondern einen gerichtlichen Akt zu vollziehen. Die einzige Schwäche, die er Delaura gegenüber bewies, war, dessen wahres Vergehen geheimzuhalten, er entzog ihm aber ohne jede öffentliche Erklärung seine Zuständigkeiten und Privilegien und schickte ihn in das Hospital Amor de Dios, wo er als Pfleger in der Leprastation dienen sollte. Delaura bat um den Trost, die Fünfuhrmesse für die Leprakranken lesen zu dürfen, was ihm der Bischof gewährte. Mit dem Gefühl tiefer Erleichterung kniete Delaura nieder, und sie beteten gemeinsam das Vaterunser. Der Bischof segnete ihn und half ihm aufzustehen.

»Gott möge sich deiner erbarmen«, sagte er. Und löschte ihn aus seinem Herzen.

Auch nachdem Cayetano seine Strafe angetreten hatte, verwendeten sich noch hohe Würdenträger der Diözese für ihn, doch der Bischof blieb unerbittlich. Er schloß die Theorie aus, daß Exorzisten am Ende von eben jenen Dämonen, die sie bannen wollen, besessen werden. Sein letztliches Argument war, daß Delaura sich nicht damit begnügt habe, den Dämonen mit der unanfechtbaren Autorität Christi entgegenzutreten, sondern die Ungehörigkeit begangen habe, mit ihnen über Fragen des Glaubens zu disputieren. Genau das, sagte der Bischof, habe Delauras Seele gefährdet und ihn an die Schwelle zur Ketzerei gebracht. Mehr noch überraschte aber, daß der Bischof mit dem Mann seines Vertrauens so streng verfuhr, und das wegen einer Schuld, die allerhöchstens eine Buße mit grünen Kerzen verdient hätte.

Martina hatte sich mit beispielhafter Hingabe Sierva Marías angenommen. Dabei war auch sie voller Gram wegen des abgeschlagenen Gnadengesuchs. Das Mädchen hatte es nicht bemerkt, bis es an einem Sticknachmittag auf der Terrasse einmal den Blick hob und sah, daß Martina tränenüberströmt war. Sie verbarg ihre Verzweiflung vor Sierva María nicht:

»Lieber wäre ich tot, als weiter in diesem Gefängnis dahinzusterben.«

Ihre einzige Hoffnung, so sagte sie, sei Sierva Marías Umgang mit ihren Dämonen. Martina wollte wissen, wie viele es waren, wie sie aussahen und wie man mit ihnen verhandeln konnte. Das Mädchen zählte sechs auf, und Martina erkannte einen afrikanischen Dämon wieder, der einmal ihr Elternhaus heimgesucht hatte. Eine neue Hoffnung machte sie munter.

»Ich hätte gern mit ihm gesprochen«, sagte sie. Und faßte die Botschaft genauer: »Ich biete meine Seele dafür.«

Sierva María hatte ihren Spaß an dem Streich. »Er kann nicht sprechen«, sagte sie. »Man schaut ihm ins Gesicht und weiß, was er meint.« In aller Ernsthaftigkeit versprach sie, Bescheid zu geben, damit Martina dem Dämon bei der nächsten Visitation begegnen könne.

Cayetano seinerseits hatte sich mit Demut in die schändlichen Bedingungen des Hospitals geschickt. Die Leprakranken, dem Gesetz nach Tote, schliefen in palmgedeckten Baracken auf dem festgestampften Erdboden. Viele konnten sich nur eben voranschleppen. Die Dienstage, Tage allgemeiner Behandlung, waren besonders anstrengend. Als reinigendes Opfer erlegte Cayetano sich auf, die hinfälligsten Körper in den Trögen im Stall zu waschen. Das tat er gerade am ersten Dienstag der Buße, seiner priesterlichen Würde bis auf den einfachen Kittel eines Pflegers entkleidet, als Abrenuncio auf dem Fuchs erschien, den ihm der Marqués geschenkt hatte.

»Wie geht es dem Auge?« fragte er ihn.

Cayetano gab ihm keine Gelegenheit, ihn auf sein Unglück anzusprechen oder seine Lage zu bedauern. Er dankte ihm für das Augenwasser, das tatsächlich das Bild der Sonnenfinsternis von seiner Netzhaut gelöscht hatte.

»Sie müssen mir für nichts danken«, sagte Abrenuncio. »Ich habe Ihnen das Beste gegeben, was wir gegen Blendung durch die Sonne kennen: Regenwassertropfen.«

Der Arzt lud ihn zu sich ein. Cayetano erklärte ihm, daß er nicht ohne Erlaubnis auf die Straße dürfe. Abrenuncio maß dem keine Bedeutung bei.

»Wenn Sie die Schwachstellen dieser Reiche kennen, dann wissen Sie, daß Gesetze nur drei Tage lang befolgt werden«, sagte er. Er stellte ihm seine Bibliothek zur Verfügung, damit Delaura seine Studien fortsetzen könne, bis ihm Gerechtigkeit widerfuhr. Cayetano hörte ihm mit Interesse, doch ohne jede Illusion zu.

»Ich lasse Sie mit diesem Stachel zurück«, schloß Abrenuncio und gab seinem Pferd die Sporen: »Kein Gott kann ein Talent wie das Ihre geschaffen haben, um es bei der Waschung von Siechen zu verschwenden.«

Am Dienstag darauf brachte er ihm als Geschenk die *Philosophischen Briefe* auf lateinisch mit. Cayetano blätterte darin, roch hinein, schätzte den Wert. Je mehr er Abrenuncio achten lernte, desto weniger verstand er ihn.

»Ich würde gerne wissen, warum Sie mir so gefällig sind«, sagte er.

»Weil es uns Atheisten nicht gelingt, ohne die Priester zu leben«, sagte Abrenuncio. »Die Patienten überlassen uns ihren Körper, aber nicht ihre Seele, und uns geht es wie dem Teufel, der sie Gott streitig machen will.«

»Das paßt nicht zu Ihren Überzeugungen«, sagte Cayetano.

»Ich weiß selbst nicht, wie die aussehen«, sagte Abrenuncio.

»Das Heilige Offizium weiß es«, sagte Cayetano.

Überraschenderweise war Abrenuncio über diesen Pfeil begeistert. »Kommen Sie zu mir nach Haus, und wir diskutieren darüber in aller Ruhe«, sagte er. »Ich schlafe nachts höchstens zwei Stunden, und immer stückchenweise, also paßt es zu jeder Zeit.« Er gab dem Pferd die Sporen und ritt davon.

Cayetano lernte schnell, daß man große Macht nicht halb verliert. Dieselben Menschen, die zuvor um seine Gunst gebuhlt hatten, gingen ihm jetzt wie einem Leprakranken aus dem Weg. Die Freunde, die sein Interesse an weltlicher Kunst und Literatur teilten, hielten sich fern, um nicht mit dem Heiligen Offizium in Konflikt zu geraten. Doch ihm war es gleich. Sein Herz war nur für Sierva María da, und auch so genügte es ihm nicht. Er war davon überzeugt, daß keine Ozeane oder Gebirge, keine irdischen oder himmlischen Gesetze, keine Höllenmacht sie auseinanderhalten könnten.

Eines Nachts, in maßlos gesteigerter Schwärmerei, floh er aus dem Hospital, um wie auch immer in das Kloster einzudringen. Es gab vier Türen. Das Hauptportal mit der Windenpforte; eine ebenso große Tür zum Meer hin und zwei kleine für die Dienstboten. Die ersten beiden Türen waren unüberwindlich. Cayetano hatte keine Mühe, vom Strand aus Sierva Marías Fenster im Gefängnisbau zu orten, denn es war das einzige auf jener Seite, das kein Holzgitter mehr hatte. Er tastete das Gebäude Hand um Hand von der Straße aus ab, vergeblich nach der kleinsten Bresche suchend, an der er hätte hinaufklettern können.

Er war schon drauf und dran aufzugeben, als er sich an den Tunnel erinnerte, durch den die Bevölkerung das Kloster während der *Cessatio a Divinis* versorgt hatte. Zu Klöstern oder Kasernen führende Tunnel waren eine Eigenheit jener Zeit. Damals wußte man in der Stadt von mindestens sechs, und im Laufe der Jahre wurden weitere entdeckt, die Schauerromanen würdig waren. Ein ehemaliger Totengräber unter den Leprakranken verriet Cayetano den gesuchten Tunnel: Ein aufgegebener Abzugsgraben verband das Kloster mit einem benachbarten Grundstück, das ein Jahrhundert früher den ersten Klarissinnen als Friedhof gedient hatte. Der Tunnel kam genau unterhalb des Gefängnisbaus heraus, vor einer hohen und rauhen Mauer, die unerklimmbar schien. Dennoch gelang es Cayetano, sie nach vielen vergeblichen Versuchen zu bezwingen, so wie er durch die Kraft des Gebetes alles zu erreichen glaubte.

Das Gebäude war eine Insel der Ruhe im Morgengrauen. Davon überzeugt, daß die Wächterin anderswo schlief, hütete er sich nur vor Martina Laborde, die bei halboffener Tür schnarchte. Bis zu diesem Augenblick hatte die Spannung des Abenteuers ihn in Atem gehalten, als er die Zelle vor sich sah und das offene Vorhängeschloß im Ring, ging sein Herz mit ihm durch. Er drückte die Tür mit den Fingerspitzen auf, hörte auf zu leben, solange die Angeln quietschten, und sah Sierva María, die im Schein des ewigen Lichtes schlief. Sie öffnete plötzlich die Augen, brauchte aber einige Zeit, bis sie ihn in dem Leinenhemd der Leprapfleger erkannte. Er zeigte ihr seine blutigen Nägel.

»Ich bin die Mauer hochgeklettert«, sagte er tonlos.

Sierva María blieb ungerührt.

»Wozu«, sagte sie.

»Um dich zu sehen«, sagte er.

Er wußte nicht, was er noch sagen sollte, verstört vom Zittern der Hände und seiner schartigen Stimme.

»Gehen Sie«, sagte Sierva María.

Er schüttelte aus Angst, die Stimme könnte ihm versagen, mehrmals den Kopf. »Gehen Sie«, wiederholte sie. »Oder ich schrei.« Er stand jetzt so dicht vor ihr, daß er ihren jungfräulichen Atem spüren konnte.

»Auch wenn man mich totschlägt, ich gehe nicht.« Und plötzlich fühlte er sich jenseits der Angst und fügte mit fester Stimme hinzu: »Wenn du schreien willst, kannst du also gleich damit anfangen.«

Sie biß sich auf die Lippen. Cayetano setzte sich auf das Bett und erzählte ihr in allen Einzelheiten von seiner Strafe, sagte ihr aber nicht den Grund dafür. Sie begriff mehr, als er zu sagen fähig war. Sie schaute ihn ohne Mißtrauen an und fragte ihn, warum er nicht die Augenbinde trage.

»Ich brauche sie nicht mehr«, sagte er ermuntert. »Wenn ich jetzt die Augen schließe, sehe ich den goldenen Fluß einer Haarmähne.«

Er ging nach zwei Stunden, glücklich, weil Sierva María ihm erlaubt hatte wiederzukommen, sofern er ihr Lieblingsgebäck von den Portalen mitbrächte. Am nächsten Abend kam er so früh, daß noch Leben im Kloster herrschte und sie noch die Lampe brennen hatte, um Martinas Stickerei zu beenden. In der dritten Nacht brachte er Öl und Dochte, um das Licht zu nähren. In der vierten Nacht, am Samstag, half er ihr mehrere Stunden dabei, sich zu entlausen, da die Tierchen sich in der Gefangenschaft wieder vermehrt hatten. Als die Haarflut sauber und gekämmt war, spürte er einmal mehr den eisigen Schweiß der Versuchung. Er legte sich mit stockendem Atem neben Sierva María und begegnete ihren klaren Augen, eine Handbreit von den seinen entfernt. Beide waren verwirrt. Er hielt, vor Angst betend, ihrem Blick stand. Sie wagte es zu sprechen:

»Wie alt sind Sie?«

»Im März bin ich sechsunddreißig geworden«, sagte er.

Sie sah ihn sich genau an.

»Sie sind schon ein alter Mann«, sagte sie mit einer spöttischen Spitze. Sie sah die Furchen auf seiner Stirn und fügte mit der ganzen Erbarmungslosigkeit ihres Alters hinzu: »Ein runzliges altes Männlein.« Er nahm es gut gelaunt hin. Sierva María fragte ihn, warum er eine weiße Strähne habe.

»Das ist ein Muttermal«, sagte er.

»Gebleicht«, sagte sie.

»Angeboren«, sagte er. »Meine Mutter hatte es auch.«

Er sah ihr immer noch in die Augen, und auch sie machte keine Anstalten nachzugeben. Er seufzte tief und rezitierte:

»*Oh, süße Pfänder meines Finderunglücks.*«

Sie verstand es nicht.

»Das ist ein Vers von dem Großvater meiner Urgroßmutter«, erklärte er ihr. »Er hat drei Eklogen, zwei Elegien, fünf Lieder und vierzig Sonette geschrieben. Und das meiste für eine Portugiesin ohne besondere Gaben, die nie die Seine wurde, zunächst weil er verheiratet war, und später, weil sie einen anderen heiratete und dann vor ihm starb.«

»War er auch Mönch?«

»Soldat«, sagte er.

Etwas hatte sich in Sierva Marías Herz gerührt, denn sie wollte den Vers noch einmal hören. Er wiederholte ihn, und diesmal fuhr er mit klingender und gut artikulierender Stimme fort, bis zum letzten der vierzig Sonette des Ritters der Liebe und der Waffen, Don Garcilaso de la Vega, getroffen in der Blüte seiner Jahre von einem Stein im Krieg.

Als er fertig war, nahm Cayetano Sierva Marías Hand und legte sie auf sein Herz. Sie spürte das Toben eines Sturms.

»So geht es mir immer«, sagte er.

Und ohne der Panik Zeit zu gewähren, befreite er sich von all dem, was ihn aufwühlte und ihn nicht leben ließ. Er gestand Sierva María, daß es keinen Augenblick gab, an dem er nicht an sie dachte, daß alles, was er aß und trank, nach ihr schmeckte, daß sie das Leben sei, zu jeder Zeit und an allen Orten, wozu sonst nur Gott das Recht und die Macht hätte, und daß es die höchste Lust seines Herzens wäre, mit ihr gemeinsam zu sterben. Er sprach weiter, ohne sie anzusehen, so fließend und voller Wärme, wie er rezitiert hatte, bis er meinte, Sierva María sei eingeschlafen. Sie war jedoch wach, die Augen einer gehetzten Hindin fest auf ihn gerichtet. Sie wagte kaum zu fragen:

»Und jetzt?«

»Jetzt nichts«, sagte er. »Es genügt mir, daß du es weißt.«

Er konnte nicht weitersprechen. Still weinend legte er seinen Arm wie als Kissen unter ihren Kopf, und sie rollte sich an seiner Seite zusammen. So blieben sie liegen, schliefen nicht, sprachen nicht, bis die Hähne krähten und er sich beeilen mußte, um rechtzeitig zur Fünfuhrmesse zu kommen. Bevor er ging, schenkte Sierva María ihm die prächtige Kette von Oddúa: achtzehn Zoll lang und aus Perlmutt- und Korallenperlen.

Die Verzweiflung war von der Herzenspein abgelöst worden. Delaura fand keine Ruhe, erledigte alles irgendwie, ließ sich treiben, bis zu der glücklichen Stunde, da er aus dem Hospital floh, um Sierva María zu sehen. Er kam keuchend in die Zelle, vom Dauerregen durchweicht, und sie erwartete ihn mit solchem Verlangen, daß schon ihr Lächeln ihm den Atem wiedergab. Eines Nachts dann machte sie den Anfang mit den Versen, die sie vom vielen Hören auswendig konnte. *»Steh still ich, meine Lage zu betrachten und die Schritte, die du mich geführet hast«*, rezitierte sie. Und fragte schelmisch:

»Wie geht es weiter?«

»Seh ich, wie arglos ich mich hingegeben, der, die mich verdirbt und sterben lassen wird«, sagte er.

Sie wiederholte die Verse mit der gleichen Zärtlichkeit, und so fuhren sie fort, bis zum Ende des Werkes, sie übersprangen Verse, verdrehten und veränderten die Sonette, wie es gerade paßte, spielten mit ihnen nach Lust und Laune und beherrschten sie, als gehörten sie ihnen. Vor Erschöpfung schliefen sie ein. Die Wächterin kam um fünf beim Geschrei der Hähne mit dem Frühstück herein, und beide wachten erschreckt auf. Ihr Leben stand still. Die Wächterin stellte das Frühstück auf den Tisch, machte eine routinemäßige Inspektion mit der Lampe und ging hinaus, ohne Cayetano im Bett gesehen zu haben.

»Luzifer ist ein Mistkäfer«, spottete er, als er wieder atmen konnte. »Er hat auch mich unsichtbar gemacht.«

Sierva María mußte ihre Listen verfeinern, damit die Wächterin nicht mehr an jenem Tag in die Zelle kam. Spät in der Nacht, nach einem ganzen Tag der Ausgelassenheit, fühlten sie sich seit immer geliebt. Cayetano erkühnte sich, zwischen Scherz und Ernst, die Schnur ihres Mieders zu lösen. Sierva María schützte mit beiden Händen ihre Brust, in ihren Augen blitzte Zorn auf, und eine Welle der Röte ließ ihre Stirn erglühen. Cayetano faßte mit Daumen und Zeigefinger ihre Hände, als wären sie lebendiges Feuer, und schob sie ihr von der Brust. Sie versuchte sich zu wehren, und er setzte ihr eine sanfte, aber entschlossene Kraft entgegen.

»Wiederhole mit mir«, sagte er zu ihr: »*Am Ende komme ich in deine Hände.*«

Sie gehorchte. »*Wo ich zu sterben weiß*«, fuhr er fort, während er ihr mit seinen eisigen Fingern das Mieder öffnete. Sie wiederholte fast ohne Stimme, zitternd vor Angst: »*Auf daß allein an mir bewiesen wäre, wie tief das Schwert in den Besiegten schneidet.*« Dann küßte er sie zum ersten Mal auf die Lippen. Sierva Marías Leib erschauerte mit einem Klagelaut, sie atmete eine zarte Meeresbrise aus und ergab sich ihrem Schicksal. Er wandelte mit den Fingerkuppen über ihre Haut, berührte sie kaum und lebte zum ersten Mal das Wunder, sich in einem anderen Körper zu spüren. Eine innere Stimme ließ ihn wissen, wie fern er in seiner lateinischen und griechischen Schlaflosigkeit, in den Ekstasen des Glaubens, im Ödland der Reinheit dem Teufel gewesen war, während sie in den Baracken der Sklaven alle Macht der freien Liebe miterlebt hatte. Er ließ sich von ihr führen, tastend in der Finsternis, bereute aber im letzten Augenblick und stürzte in einen Abgrund von Gewissensbissen. Er lag mit geschlossenen Augen auf dem Rücken. Sierva María erschrak über sein Schweigen und die Reglosigkeit des Todes und berührte ihn mit einem Finger.

»Was ist Ihnen?« fragte sie.

»Laß mich jetzt«, murmelte er. »Ich bete.«

In den folgenden Tagen fanden sie, waren sie zusammen, nur kurze Augenblicke der Ruhe. Sie wurden nicht müde, von den Schmerzen der Liebe zu sprechen. Sie verzehrten sich in Küssen, deklamierten unter heißen Tränen Verse von Verliebten, sie sangen sich ins Ohr, sie wälzten sich in Sümpfen des Begehrens bis an die Grenze ihrer Kräfte: erschöpft, aber jungfräulich. Denn er hatte beschlossen, seinem Gelübde treu zu bleiben, bis sie das Sakrament empfangen hätten, und sie war mit ihm einig.

In den Pausen der Leidenschaft tauschten sie exzessive Liebesbeweise aus. Er sagte ihr, für sie sei er zu allem fähig. Sierva María bat ihn mit kindlicher Grausamkeit für sie eine Schabe zu essen. Er fing das Tier und schluckte es, bevor sie einschreiten konnte, lebendig herunter. Eine andere wahnwitzige Herausforderung war, als er sie einmal fragte, ob sie sich für ihn den Zopf abschneiden würde. Sie sagte ja, wies ihn aber, im Scherz oder im Ernst, darauf hin, daß er sie dann heiraten müsse, um die Bedingung des Gelöbnisses zu erfüllen. Er brachte ein Küchenmesser mit in die Zelle und sagte: »Mal sehen, ob es stimmt.« Sie drehte im den Rücken zu, damit er den Zopf an der Wurzel abschneiden könne. Sie drängte ihn: »Nur Mut.« Er hatte keinen. Tage später fragte sie ihn, ob er sich für sie wie ein Ziegenbock schlachten lassen würde. Er sagte mit Bestimmtheit ja. Sie holte das Messer und wollte die Probe aufs Exempel machen. Ein tödlicher Schauder durchlief ihn, und er sprang entsetzt auf. »Du nicht«, sagte er. »Du nicht.« Sie lachte sich halb tot und wollte wissen, warum. Er sagte ihr die Wahrheit:

»Du hast den Mut dazu.«

In den ruhigeren Gewässern der Leidenschaft begannen sie auch die Muße der alltäglichen Liebe zu genießen. Sie hielt die Zelle sauber und ordentlich für ihn, der mit der Selbstverständlichkeit eines Ehemannes nach Hause kam. Cayetano lehrte sie lesen und schreiben und führte sie in den Kult der Poesie und die Anbetung des Heiligen Geistes ein, in Erwartung des glücklichen Tages, an dem sie frei und verheiratet sein würden.

AM 27. APRIL BEI TAGESANBRUCH, Sierva María war kaum eingeschlafen, nachdem Cayetano die Zelle verlassen hatte, kamen sie unangekündigt herein, um die Exorzismen einzuleiten. Es war das Ritual für einen zum Tode Verurteilten. Sie schleiften sie zur Tränke, überschütteten sie eimerweise mit Wasser, rissen ihr die Halsketten ab und zogen ihr das grobe Hemd der Ketzer an. Eine Nonne aus der Gärtnerei kappte ihr mit vier Schnitten einer Baumschere die Mähne in Nackenhöhe und warf das Haar auf den Scheiterhaufen, der im Hof brannte. Die Schwester Haarschneiderin kürzte die Enden zu Stoppeln von einem halben Zoll, wie die Klarissinnen sie unter dem Schleier trugen, und warf die Haare beim Schneiden gleich in die Flammen. Sierva María sah das goldene Lodern, hörte das Knistern des jungen Holzes und roch den beißenden Gestank von verbranntem Horn, ohne daß sich ein Muskel in ihrem steinernen Gesicht bewegte. Zuletzt zogen sie ihr eine Zwangsjacke an, bedeckten sie mit einem Trauertuch, und zwei Sklaven trugen sie auf einer Feldbahre in die Kapelle.

Der Bischof hatte den ekklesiastischen Rat einberufen, der aus erlauchten kirchlichen Pfründnern bestand, und diese hatten vier unter sich ausgewählt, die ihm bei der Austreibungsprozedur an Sierva María assistieren sollten. In einem letzten Akt der Behauptung setzte sich der Bischof über seinen elendiglichen Gesundheitszustand hinweg. Er ordnete an, daß die Zeremonie nicht wie bei anderen denkwürdigen Gelegenheiten in der Kathedrale, sondern in der Klosterkapelle von Santa Clara stattfinden solle, und übernahm persönlich die Ausführung des Exorzismus.

Die Klarissinnen, angeführt von der Äbtissin, waren schon vor der Frühmette in den Chor gekommen und sangen dort die Messe, begleitet von der Orgel und bewegt von der Feierlichkeit des anbrechenden Tages. Dann zogen die Prälaten des ekklesiastischen Rates ein, die Pröpste dreier Mönchsorden und die Prinzipale des Heiligen Offiziums. Abgesehen von letzteren waren und sollten keine Zivilpersonen zugegen sein.

Zuletzt erschien der Bischof in großem Ornat, er wurde von vier Sklaven in einer Sänfte getragen und war von einer Aura untröstlichen Kummers umgeben. Vor dem Hauptaltar, neben dem Marmorkatafalk für prunkvolle Begräbnisse, setzte er sich auf einen Drehsessel, der ihn beweglicher machte. Um Punkt sechs brachten die zwei Sklaven Sierva María auf der Feldbahre, in der Zwangsjacke und noch von dem dunkelvioletten Tuch bedeckt.

Die Hitze wurde während der gesungenen Messe unerträglich. Die Bässe der Orgel hallten in der Kassettendecke wider und ließen kaum Raum für die faden Stimmen der Klarissinnen, die hinter dem Gitterwerk des Chores nicht zu sehen waren. Die zwei halbnackten Sklaven, die Sierva Marías Bahre getragen hatten, blieben als Wachen neben ihr stehen. Am Ende der Messe nahmen sie das Tuch von ihr und legten sie wie eine tote Prinzessin auf den Marmorkatafalk. Die Sklaven des Bischofs trugen diesen in seinem Sessel neben Sierva María und ließen die beiden in dem weiten Raum vor dem Hauptaltar allein.

Dann war eine nicht aushaltbare Spannung zu spüren, und absolute Stille setzte ein, die das Präludium zu irgendeinem himmlischen Wunder zu sein schien. Ein Meßdiener stellte das Weihwassergefäß in Reichweite des Bischofs. Dieser griff den Wedel wie einen Knüppel, lehnte sich über Sierva

María und besprengte ihren Körper von oben bis unten, während er ein Gebet murmelte. Plötzlich stieß er den Bannspruch aus, der die Fundamente der Kapelle erschütterte.

»Wer auch immer du sein magst«, schrie er. »Auf Befehl von Christus, dem Herrn und Gott alles Sichtbaren und Unsichtbaren, von allem, was ist, was war und was sein wird, verlasse diesen durch die Taufe erlösten Leib und kehre zurück in die Finsternis.«

Sierva María, außer sich vor Entsetzen, schrie ebenfalls. Der Bischof hob die Stimme, um das Mädchen zu übertönen, doch es schrie lauter. Der Bischof atmete tief ein und öffnete den Mund, um den Bannspruch fortzusetzen, doch die Luft erstarb in seiner Brust, und er konnte nicht ausatmen. Er fiel vornüber auf den Boden, schnappte wie ein Fisch an Land nach Luft, und die Zeremonie endete mit einem ungeheuren Aufruhr.

Cayetano fand Sierva María in jener Nacht vor Fieber zitternd in der Zwangsjacke vor. Am meisten empörte ihn die Schmach des kahlen Schädels. »Gott im Himmel«, murmelte er mit dumpfer Wut, während er sie von den Riemen befreite. »Wie ist es möglich, daß Du ein solches Verbrechen zuläßt.« Sobald sie befreit war, fiel Sierva María ihm um den Hals, und sie hielten sich schweigend umarmt, solange sie schluchzte. Er ließ sie sich ausweinen. Dann hob er ihr Gesicht und sagte zu ihr: »Keine Tränen mehr.« Und fuhr mit Garcilaso fort:

»Deren genug hab' ich um dich vergossen.«

Sierva María erzählte ihm von dem fürchterlichen Erlebnis in der Kapelle. Sie sprach vom Tosen der

Chöre, das Kampfgesängen glich, von den alptraumartigen Schreien des Bischofs, von seinem sengenden Atem, von seinen schönen grünen Augen, die vor Erregung flammten.

»Er war wie der Teufel«, sagte sie.

Cayetano versuchte sie zu beruhigen. Er versicherte ihr, daß der Bischof trotz seiner titanischen Leibesfülle, seiner stürmischen Stimme und seiner martialischen Methoden ein guter und weiser Mann sei. Sierva Marías Angst sei verständlich, doch sie liefe keinerlei Gefahr.

»Ich will nur sterben«, sagte sie.

»Du fühlst dich zornig und erniedrigt, und auch ich fühle mich so, weil ich dir nicht helfen kann«, sagte er. »Aber Gott wird es uns am Tag der Auferstehung lohnen.«

Er nahm die Kette von Oddúa ab, die ihm Sierva María geschenkt hatte, und hängte sie ihr als Ersatz für die anderen um. Sie legten sich auf das Bett, Seite an Seite, und teilten ihren Groll, während die Welt erlosch und nur noch das Knuspern der Termiten im Täfelwerk blieb. Das Fieber ließ nach. Cayetano sprach in der Finsternis.

»In der Offenbarung wird ein Tag angekündigt, der nie anbricht«, sagte er. »Gott gebe, daß es der heutige ist.«

Sierva María hatte wohl eine Stunde geschlafen, nachdem Cayetano gegangen war, als ein neues Geräusch sie weckte. Vor ihr stand, begleitet von der Äbtissin, ein alter Priester von imponierender Größe, seine Haut war braun und vom Salz gespannt, das Haupthaar stand widerspenstig hoch, er hatte wildwachsende Augenbrauen, ungezähmte Hände und ein Paar Augen, das zum Vertrauen einlud. Bevor Sierva María richtig wach geworden war, sagte der Priester auf yoruba zu ihr:

»Ich bringe dir deine Halsketten.«

Er zog sie aus der Tasche, so wie sie ihm die Verweserin des Klosters auf seine Anforderung hin ausgehändigt hatte. Während er Sierva María eine nach der anderen um den Hals hängte, zählte er die Ketten auf und bestimmte sie in afrikanischen Sprachen: die rotweiße von der Liebe und dem Blut des Changó, die rotschwarze vom Leben und Tod des Elegguá, die sieben Perlen aus Kristall und blassem Blau von Yemayá. Er wechselte mit Feingefühl vom Yoruba ins Kongo und vom Kongo ins Mandinga, und sie folgte ihm mit Anmut und Leichtigkeit. Wenn er schließlich ins Spanische überwechselte, geschah das nur aus Rücksicht auf die Äbtissin, die ungläubig darüber staunte, daß Sierva María zu solcher Sanftmut fähig war.

Das war Pater Tomás de Aquino de Narváez, ehemaliger Ankläger der Inquisition in Sevilla und Gemeindepfarrer des Sklavenviertels, den der Bischof ausgewählt hatte, ihn wegen seiner gesundheitlichen Behinderung bei den Exorzismen zu vertreten. Er war ein harter Mann und sein Lebenslauf über jeden Zweifel erhaben. Er hatte elf Ketzer auf den Scheiterhaufen gebracht, Juden und Mohammedaner, aber sein guter Ruf gründete sich vor allem auf die zahlreichen Seelen, die er den listigsten Dämonen Andalusiens abgerungen hatte. Vornehm in Geschmack und Umgangsformen, hatte er die weiche Aussprache der Kanaren. Als Sohn eines königlichen Prokurators, der eine Sklavin, eine

Kuarterone, geheiratet hatte, war er hier geboren und hatte sein Noviziat am örtlichen Seminar absolviert, nachdem die Reinheit seiner Herkunft durch vier Generationen Weißer nachgewiesen war. Seine guten Noten brachten ihm die Doktorwürde in Sevilla ein, wo er bis zu seinem fünfzigsten Jahr lebte und predigte. Bei der Rückkehr in die Heimat hatte er um die ärmste Gemeinde gebeten, er begeisterte sich für afrikanische Religionen und Sprachen und lebte wie ein Sklave unter Sklaven. Niemand schien geeigneter, sich mit Sierva María zu befassen, und berechtigter, ihren Dämonen entgegenzutreten.

Sierva María erkannte ihn sofort als einen rettenden Erzengel und irrte sich nicht. In ihrer Gegenwart zerpflückte er die Argumente aus den Akten und bewies der Äbtissin, daß keines davon schlagend war. Er belehrte sie, daß die Dämonen Amerikas die gleichen wie die Europas seien und sich von diesen nur durch die Anrufung und ihr Verhalten unterschieden. Er erklärte ihr die vier gebräuchlichen Regeln, Dämonenbesessenheit zu erkennen, und zeigte ihr, wie leicht es für die Dämonen war, sich dieser Regeln zu bedienen, damit das Gegenteil geglaubt werde. Zum Abschied kniff er Sierva María liebevoll in die Wange.

»Schlaf ruhig«, sagte er zu ihr. »Ich habe mit ärgeren Feinden zu tun gehabt.«

Die Äbtissin war danach so erbaut, daß sie ihn zur berühmten Duftschokolade der Klarissinnen, den Aniskeksen und den Wunderwerken der Zukkerbäckerei einlud, die den Erwählten vorbehalten blieben. Während sie diese im privaten Speisezimmer zu sich nahmen, gab er seine Anweisungen für die nächsten Schritte. Die Äbtissin nahm sie zufrieden zur Kenntnis.

»Mich kümmert in keiner Weise, ob es dieser Unseligen gut- oder schlechtgeht«, sagte sie. »Aber ich bete zu Gott, daß sie so bald wie möglich das Kloster verläßt.«

Der Pater versprach ihr, sich aufs äußerste zu bemühen, damit die Angelegenheit in ein paar Tagen, wenn nicht gar Stunden erledigt sei. Als sie sich, beide zufriedengestellt, im Lokutorium verabschiedeten, hätte sich weder der eine noch die andere vorstellen können, daß sie sich nie wiedersehen würden.

So war es. Pater Aquino, wie ihn seine Schäfchen nannten, ging zu Fuß zu seiner Kirche, denn seit geraumer Zeit betete er nur noch wenig und glich das vor Gott dadurch aus, daß er Tag für Tag das Martyrium seines Heimwehs noch einmal durchlebte. Er hielt sich eine Weile bei den Portalen auf, betäubt vom Geschrei der Verkäufer, die alles und jedes feilboten, und wartete darauf, daß die Sonne sank, um das Schlammfeld am Hafen zu überqueren. Er kaufte das billigste Zuckergebäck und ein Los der Armenlotterie mit der unverbesserlichen Hoffnung auf einen Gewinn, mit dem er seine heruntergekommene Kirche renovieren wollte. Er verbrachte eine halbe Stunde bei einem Schwatz mit den schwarzen Matronen, die wie monumentale Götzenbilder hinter billigem Kunsthandwerk saßen, das auf Jutematten auf dem Boden ausgebreitet war. Gegen fünf ging er über die Hebebrücke von Getsemaní, wo man gerade den Kadaver eines fetten und unheimlichen Hundes aufhängte, um kundzutun, daß er an Tollwut gestorben war. Die Luft duftete nach den ersten Mairosen, und der Himmel war der durchsichtigste der Welt.

Das Sklavenviertel, gleich am Rande des salzigen Sumpfgebiets der Marisma, erschütterte durch sein Elend. In den palmgedeckten Lehmbaracken lebten die Menschen mit Hühnergeiern und Schweinen zusammen, und die Kinder tranken aus den Schlammpfützen der Straße. Dennoch war es das fröhlichste Viertel, voller intensiver Farben und strahlender Stimmen, besonders wenn der Abend kam und die Leute die Stühle herausstellten, um mitten auf der Straße die erste Kühle zu genießen. Der Gemeindepfarrer verteilte das Gebäck unter den Kindern der Marisma und behielt drei Stück für sein Abendessen zurück.

Die Kirche war eine Hütte aus Lehm und Flechtwerk, mit Palmblättern gedeckt, und hatte ein Pfahlkreuz auf dem Dachfirst. Darin standen Bänke aus massiven Bohlen, ein einziger Altar mit einem einzigen Heiligen und eine hölzerne Kanzel, wo der Gemeindepfarrer sonntags in afrikanischen Sprachen predigte. Das Pfarrhaus war eine Verlängerung der Kirche hinter dem Altar, dort lebte der Priester unter primitivsten Bedingungen in einem Zimmer mit einem Hängebett und einem einfachen Stuhl. Dahinter lag ein kleiner steiniger Patio, eine Weinlaube, die voller Trauben hing, und ein Dornenzaun als Grenze zur Marisma. Trinkwasser gab es nur aus einer gemauerten Zisterne in einem Winkel des Patios.

Ein alter Sakristan und eine vierzehnjährige Waise, beide bekehrte Mandingas, halfen in der Kirche und im Haus, sie wurden jedoch nach dem Rosenkranz nicht mehr gebraucht. Bevor er die Tür schloß, verzehrte der Priester die letzten drei Stück Zuckergebäck mit einem Glas Wasser und verabschiedete sich von den auf der Straße sitzenden Nachbarn auf spanisch mit seiner üblichen Redewendung:

»Gebe Gott euch allen eine gute und heilige Nacht.«

Um vier Uhr morgens kam der Sakristan, der eine Straße von der Kirche entfernt wohnte, um das erste Mal die Glocke für die einzige Messe zu läuten. Kurz vor fünf ging er, da der Priester sich verspätet hatte, in dessen Zimmer, um ihn zu holen. Er war nicht dort. Der Sakristan fand ihn auch nicht auf dem Patio. Er suchte ihn weiter in der Umgebung, denn zuweilen ging der Priester schon früh auf einen Schwatz in die Nachbarpatios. Er fand ihn nicht. Den wenigen Gemeindemitgliedern, die gekommen waren, eröffnete er, daß es keine Messe gäbe, da der Priester nicht zu finden sei. Um acht Uhr, die Sonne brannte schon, wollte das Dienstmädchen Wasser aus der Zisterne holen, und da war Pater Aquino, er trieb auf dem Rücken im Wasser, in den Hosen, die er zum Schlafen anbehielt. Es war ein trauriger und schmerzlicher Tod, ein Rätsel, das nie geklärt und von der Äbtissin als endgültiger Beweis für die Anfeindung ihres Klosters durch den Teufel angeführt wurde.

DIE NACHRICHT ERREICHTE nicht die Zelle von Sierva María, die in naiver Hoffnung weiter auf

Pater Aquino wartete. Sie konnte Cayetano nicht erklären, wer er war, aber ihre Dankbarkeit für die Rückgabe der Halsketten und für das Versprechen, sie zu retten, übertrug sich auch auf ihn. Bis dahin hatten beide gemeint, daß die Liebe ihnen zum Glücklichsein genüge. Es war Sierva María, die, enttäuscht von Pater Aquino, begriff, daß ihre Freiheit nur von ihnen selbst abhing. Eines frühen Morgens, nach langen Stunden des Küssens, flehte sie Delaura an, nicht zu gehen. Er nahm es nicht ernst und verabschiedete sich mit einem weiteren Kuß. Sie sprang aus dem Bett und stellte sich mit ausgestreckten Armen vor die Tür.

»Sie gehen nicht, oder ich gehe auch.«

Sie hatte Cayetano einmal gesagt, daß sie gerne mit ihm in San Basilio de Palenque untertauchen würde, einem Dorf flüchtiger Sklaven, zwölf Meilen von hier, wo man sie zweifelsohne wie eine Königin empfangen würde. Cayetano hielt das für eine glückliche Idee, aber er verband sie nicht mit Flucht. Er baute eher auf legale Mittel. Darauf, daß der Marqués seine Tochter mit der unanfechtbaren Bestätigung, sie sei nicht besessen, zurückgewann und daß er, Delaura, die Vergebung seines Bischofs und die Erlaubnis bekam, sich in eine zivile Gemeinschaft einzuordnen, in der Heiraten von Geistlichen oder Nonnen so häufig waren, daß sich schon niemand mehr darüber aufregte. Als Sierva María ihn also vor die Entscheidung stellte, zu bleiben oder sie mitzunehmen, versuchte er, sie einmal mehr hinzuhalten. Sie hängte sich an seinen Hals und drohte zu schreien. Es wurde schon hell. Dem erschrockenen Delaura gelang es, sich mit einem

Stoß zu befreien, und er entkam in dem Augenblick, als die Frühmette begann.

Sierva María reagierte heftig. Schon wegen einer Mißhelligkeit zerkratzte sie der Wächterin das Gesicht, riegelte sich ein und drohte, die Zelle in Brand zu stecken und sich darin einzuäschern, wenn man sie nicht gehen ließe. Die Wächterin, außer sich wegen ihres blutenden Gesichts, schrie sie an:

»Trau dich nur, du Satansbestie.«

Sierva Marías einzige Antwort war, die Matratze mit dem ewigen Licht anzuzünden. Das Eingreifen von Martina mit ihrer beruhigenden Art verhinderte die Tragödie. Dennoch ersuchte die Wächterin in ihrem Bericht über diesen Tag darum, daß Sierva María in eine besser geschützte Zelle im Klausurtrakt verlegt würde.

Sierva Marías Ungeduld verstärkte die Cayetanos, einen schnellen Ausweg zu finden, der nicht Flucht bedeutete. Zweimal versuchte er, den Marqués zu treffen, und beide Male wurde er von den Hunden daran gehindert, die er frei und sich selbst überlassen in dem herrenlosen Haus antraf. Die Wahrheit aber war, daß der Marqués sich dort nicht mehr aufhielt. Besiegt von seinen nicht endenden Ängsten, hatte er versucht, sich in die Obhut von Dulce Olivia zu flüchten, aber sie nahm ihn nicht auf. Er hatte seit dem Beginn seiner Einsamkeiten mit allen Mitteln den Kontakt gesucht, aber nur spöttische Antworten auf Papierschwalben erhalten. Auf einmal tauchte sie auf, ungerufen und unangekündigt. Sie fegte und brachte den wegen mangelnden Gebrauchs unbenutzbaren Herd wieder in

Ordnung, und dann brodelte der Fleischtopf bei munterem Feuer über der Flamme. Sie war sonntäglich mit Tüllvolants gekleidet, mit Schminke und modischen Salben herausgeputzt, und verrückt an ihr war nur der Hut, breitkrempig und mit Fischen und Vögeln aus Flicken besetzt.

»Ich bin dir dankbar, daß du gekommen bist«, sagte der Marqués. »Ich habe mich sehr einsam gefühlt.« Und endete mit einer Klage:

»Ich habe Sierva verloren.«

»Das ist deine Schuld«, sagte sie nebenhin. »Du hast alles dafür getan, daß sie verlorenging.«

Das Abendessen war ein Pfeffereintopf nach kreolischer Art mit drei Sorten Fleisch und dem Erlesensten aus dem Gemüsegarten. Dulce Olivia trug das Gericht mit dem Gebaren einer Hausherrin auf, was sehr gut zu ihrer Aufmachung paßte. Die scharfen Hunde folgten ihr hechelnd, drängten sich zwischen ihre Beine und wurden von ihr mit bräutlichem Geflüster abgelenkt. Sie setzte sich dem Marqués gegenüber an den Tisch, so wie es hätte sein können, als sie jung waren und die Liebe nicht fürchteten, und sie aßen schweigsam, ohne sich anzusehen, schwitzten in Strömen und löffelten die Suppe mit dem Gleichmut eines alten Ehepaars. Nach dem ersten Teller machte Dulce Olivia eine Seufzerpause und wurde sich ihrer Jahre bewußt.

»So wären wir gewesen«, sagte sie.

Den Marqués steckte ihre Schonungslosigkeit an. Er sah sie, fett und gealtert, zwei Zähne fehlten, und die Augen waren matt. So wären sie gewesen, vielleicht, wenn er den Mut gehabt hätte, sich seinem Vater zu widersetzen.

»Du wirkst ja ganz vernünftig«, sagte er zu ihr.

»Das bin ich immer gewesen«, sagte sie. »Nur du hast mich nie so gesehen, wie ich bin.«

»Ich habe dich im Getümmel entdeckt, als alle schön und jung waren, und es nicht leicht war, die Beste zu entdecken«, sagte er.

»Ich selbst habe mich dir entdeckt«, sagte sie. »Du nicht. Du warst schon immer wie jetzt: ein armer Teufel.«

»Du beleidigst mich in meinem eigenen Haus«, sagte er.

Der bevorstehende Schlagabtausch begeisterte Dulce Olivia. »Es gehört mir so gut wie dir«, sagte sie. »So wie das Mädchen mir gehört, auch wenn eine Hündin sie geworfen hat.« Und ohne ihm Zeit für eine Erwiderung zu lassen, schloß sie:

»Und am schlimmsten ist, daß du sie in schlechte Hände gegeben hast.«

»In die Hände Gottes«, sagte er.

Dulce Olivia schrie zornig:

»In die Hände dieses Bischofssohnes, der sie verdorben und geschwängert hat.«

»Wenn du dir in die Zunge beißt, stirbst du an Vergiftung!« schrie der Marqués entrüstet.

»Sagunta übertreibt, aber sie lügt nicht«, sagte Dulce Olivia. »Und versuche nicht, mich zu demütigen, denn außer mir hast du keinen, der dir das Gesicht pudert, wenn du stirbst.«

Es nahm das gleiche Ende wie immer. Ihre Tränen fielen wie dicke Suppentropfen in den Teller. Die Hunde waren eingeschlafen, doch nun weckte sie die Spannung des Streites, und sie hoben wachsam die Köpfe und knurrten kehlig. Der Marqués spürte, daß ihm Luft fehlte.

»Da siehst du es«, sagte er zornig, »so wären wir gewesen.«

Sie stand auf, ohne fertig zu essen. Sie deckte ab, wusch die Teller und Schüsseln mit kleinlicher Wut und zerbrach sie im Becken während des Spülens. Er ließ sie weinen, bis sie die Scherben des Geschirrs wie eine Hagellawine in die Müllkiste leerte. Sie ging, ohne sich zu verabschieden. Weder der Marqués noch sonst jemand erfuhr je, wann genau Dulce Olivia aufgehört hatte, sie selbst zu sein, und nur noch eine Erscheinung in den Nächten des Hauses war.

Die Verleumdung, daß Cayetano Delaura ein Sohn des Bischofs war, hatte die ältere abgelöst, daß die beiden seit Salamanca ein Liebespaar waren. Dulce Olivias Version, die von Sagunta bestätigt und verdreht worden war, besagte in der Tat, daß Sierva María im Kloster gefangengehalten werde, um die satanischen Begierden Cayetano Delauras zu befriedigen, und daß sie ein Kind mit zwei Köpfen empfangen habe. Seine Saturnalien, so sagte Sagunta, hätten die gesamte Gemeinschaft der Klarissinnen infiziert.

Der Marqués erholte sich nie wieder. Schwankend im Morast der Erinnerung suchte er eine Zuflucht vor dem Entsetzen und fand nur, von der Einsamkeit erhöht, das Bild Bernardas. Er versuchte es mit den Gedanken an die Dinge, die er am meisten an ihr haßte, zu bannen, ihre stinkenden Blähungen, ihre kratzbürstigen Antworten, ihre Hühneraugen, doch je mehr er sie schlechtmachen wollte, um so verklärter erschien sie ihm im Rückblick. Von Sehnsucht geschlagen, schickte er ihr tastende Botschaften zur Zuckermühle von Mahates, wo er sie, seitdem sie gegangen war, vermutete, und wo sie auch war. Er legte ihr nahe, ihren Groll zu vergessen und heimzukehren, damit beide zumindest wüßten, bei wem sie sterben könnten. Da keine Antwort kam, brach er auf, um sie zu suchen.

Er mußte die Zuflüsse der Erinnerung zurückverfolgen. Die Hacienda, einst die beste des Vizekönigreichs, war ins Nichts versunken. Es war unmöglich, zwischen dem Gestrüpp den Weg zu erkennen. Von der Mühle selbst waren nur noch Trümmer geblieben, die Maschinen hatte der Rost zerfressen, und die Skelette der letzten zwei Ochsen waren noch an den Balken des Mahlwerks gespannt. Der Seufzerbrunnen war das einzige, das im Schatten der Kalebassenbäume noch mit Leben erfüllt war. Bevor er das Haus zwischen dem verbrannten Gesträuch der Rohrfelder entdeckte, nahm der Marqués den Duft von Bernardas Seifen wahr, der am Ende ihr Eigengeruch geworden war, und er merkte, wie sehr es ihn danach verlangte, sie zu sehen. Auf der Veranda unter dem Portikus sah er sie in einem Schaukelstuhl sitzen, sie aß Kakao und hatte den Blick unbewegt auf den Horizont gerichtet. Sie trug einen Umhang aus rosa Baumwolle, und die Haare waren noch feucht von dem Bad im Seufzerbrunnen.

Der Marqués begrüßte sie, bevor er die drei Stufen zum Portal heraufstieg: »Guten Tag.« Bernarda erwiderte den Gruß, ohne hinzuschauen, als sei er von niemandem gekommen. Der Marqués ging zur

Veranda hinauf, und von dort aus ließ er den Blick oberhalb des Gestrüpps über den ganzen Horizont wandern. Soweit er sehen konnte, gab es außer den Kalebassenbäumen am Brunnen nur wildwachsenden Buschwald. »Wo sind die Leute geblieben?« fragte er. Bernarda antwortete wie ihr Vater, ohne ihn anzusehen: »Sie sind alle weg«, sagte sie. »Im Umkreis von hundert Meilen gibt es kein Lebewesen.«

Er ging hinein, um sich eine Sitzgelegenheit zu suchen. Der Boden im Haus war eingesunken, und zwischen den Ziegeln lugten Pflanzen mit kleinen violetten Blüten hervor. Im Eßzimmer stand der Tisch von einst mit den von Termiten zerfressenen Stühlen, die Uhr war wer weiß wann stehengeblieben, und in der Luft lag ein unsichtbarer Staub, den man beim Atmen spürte. Der Marqués nahm sich einen der Stühle, setzte sich neben Bernarda und sagte leise zu ihr:

»Ich bin gekommen, Sie zu holen.«

Bernarda blieb ruhig, nickte aber fast unmerklich mit dem Kopf. Er erzählte ihr von seiner Lage: das einsame Haus, die Sklaven, die, das Messer bereit, hinter den Büschen lauerten, die nicht enden wollenden Nächte.

»Das ist kein Leben«, sagte er.

»Das ist nie eins gewesen«, sagte sie.

»Es könnte vielleicht eines sein«, sagte er.

»Sie würden mir so etwas nicht sagen, wenn Sie wirklich wüßten, wie sehr ich Sie hasse«, sagte sie.

»Auch ich habe immer geglaubt, Sie zu hassen«, sagte er, »aber jetzt bin ich mir dessen auf einmal nicht mehr so sicher.«

Bernarda öffnete ihm darauf ihr Innerstes, damit er sich bei Tageslicht darin sehe. Sie erzählte ihm, wie ihr Vater sie, die Heringe und das Eingemachte als Vorwand nehmend, zu ihm geschickt habe, wie sie ihn mit dem alten Trick des Handlesens getäuscht hatten, wie sie abgemacht hatten, daß sie ihn vergewaltigen sollte, wenn er nicht auf sie zukäme, und wie sie kalt und gezielt das Manöver geplant hatten, Sierva María zu zeugen, um ihn lebenslänglich zu fangen. Das einzige, wofür der Marqués ihr dankbar sein konnte, war, daß sie nicht den Mut zum letzten, mit ihrem Vater abgesprochenen Akt gehabt hatte, nämlich ihm einen Schuß Opiumtinktur in die Suppe zu schütten, um ihn nicht auch noch ertragen zu müssen.

»Ich habe mir selbst den Strick um den Hals gelegt«, sagte sie. »Aber ich bereue nicht. Es war zu viel verlangt, daß ich nach alledem auch noch dieses arme Siebenmonatskind lieben sollte oder gar Sie, die Ursache für mein Unglück.«

Die letzte Stufe ihrer Erniedrigung war aber der Verlust von Judas Iscariote gewesen. Sie hatte ihn in anderen gesucht und sich dem hemmungslosen Gerammel mit den Sklaven der Zuckermühle hingegeben, was ihr besonders widerwärtig schien, bevor sie es das erste Mal gewagt hatte. Sie wählte sie truppweise aus und fertigte sie im Gänsemarsch auf den Pfaden zwischen den Bananenpflanzungen ab, bis der gegorene Honig und die Kakaotabletten ihre Reize auflösten, sie aufgebläht und häßlich wurde und ihre Verfassung nicht für so viele Körper reichte. Dann hatte sie bezahlt. Die Jüngeren erst mit Katzengold, je nach Schönheit und Kaliber, und später die, die sich hergaben, mit echtem Gold. Sie hatte zu spät entdeckt, daß sie sich scharenweise nach San Basilio de Palenque absetzten, um vor ihrer unstillbaren Gier sicher zu sein.

»Da wußte ich, daß ich sie mit der Machete hätte erschlagen können«, sagte sie ohne eine Träne. »Und nicht nur die Sklaven, sondern auch Sie und das Kind und meinen Vater, diesen Krämer, und alle und jeden, der auf mein Leben geschissen hat. Aber wer war ich da schon noch, um irgend jemanden zu töten?«

Beide betrachteten schweigend den Sonnenuntergang über dem Gestrüpp. Eine Herde ferner Tiere war am Horizont zu hören und eine untröstliche Frauenstimme, die sie eins ums andere beim Namen rief, bis es Nacht wurde. Der Marqués seufzte:

»Ich sehe, ich habe Ihnen für nichts zu danken.«

Er stand ohne Hast auf, stellte den Stuhl wieder an seinen Platz und ging, wie er gekommen war, ohne Abschied und ohne ein Licht. Alles, was man von ihm fand, zwei Sommer später und auf einem Pfad ins Ungefähre, war sein von den Hühnergeiern angefressenes Gerippe.

MARTINA HATTE AN JENEM TAG den ganzen Vormittag fürs Sticken angesetzt, um eine verspätete Arbeit zu beenden. Sie aß in Sierva Marías Zelle zu Mittag und ging dann zur Siesta in die eigene. Gegen Abend, schon bei den letzten Stichen, sprach sie seltsam traurig mit Sierva María.

»Wenn du einmal aus dieser Gefangenschaft herauskommst oder wenn ich vor dir herauskomme, dann mußt du immer an mich denken«, sagte sie. »Das wird meine einzige Wonne sein.«

Sierva María verstand das erst am nächsten Tag, als die Wächterin sie schreiend weckte, weil Martina nicht in ihrer Zelle war. Sie hatten das Kloster gründlich durchsucht und keinerlei Spur gefunden. Die einzige Nachricht war ein Zettel mit ihrer blumigen Schrift, den Sierva María unter dem Kopfkissen fand: »*Ich werde dreimal am Tag dafür beten, daß Ihr sehr glücklich werdet.*«

Sie war noch benommen von der Überraschung, als die Äbtissin mit der Vikarin und anderen ehrwürdigen Schwestern als Fußvolk und einer mit Musketen bewaffneten Wachpatrouille hereinkam. Die Äbtissin griff cholerisch nach Sierva María und schrie:

»Du bist die Komplizin und wirst bestraft.«

Das Mädchen hob die freie Hand mit einer Entschlossenheit, welche die Äbtissin auf der Stelle erstarren ließ:

»Ich habe sie alle hinausgehen sehen«, sagte sie.

Die Äbtissin war verblüfft.

»Sie war nicht allein?«

»Es waren sechs«, sagte Sierva María.

Das schien nicht möglich, auch nicht, daß sie über die Terrasse hinausgekommen waren, da dort der einzige Fluchtweg der befestigte Patio war. »Sie hatten Fledermausflügel«, sagte Sierva María und flatterte mit den Armen. »Auf der Terrasse haben sie die Flügel ausgebreitet und sind mit Martina weggeflogen, immer weiter geflogen, bis auf die andere Seite des Meeres.« Der Hauptmann der Patrouille bekreuzigte sich entsetzt und fiel auf die Knie.

»Heilige Maria Mutter Gottes«, sagte er.

»Ohne Sünde empfangen«, sagten alle im Chor.

Es war eine perfekte Flucht, die Martina nach der Entdeckung, daß Cayetano die Nächte im Kloster verbrachte, absolut geheim bis in alle Einzelheiten geplant hatte. Das einzige, was sie nicht bedacht oder gekümmert hatte, war, daß sie den Eingang des Abzugsgrabens von innen hätte schließen müssen, um jeden Verdacht zu vermeiden. Als ihre Flucht untersucht wurde, fand man den offenen Gang, erkundete ihn, entdeckte die Wahrheit und mauerte ihn sogleich an beiden Enden zu. Sierva María wurde gewaltsam in eine Zelle mit Schloß und Riegel im Trakt der Lebendigbegrabenen gebracht. In jener Nacht, unter einem herrlichen Mond, zerschlug sich Cayetano die Fäuste bei dem Versuch, das Mauerwerk vor dem Tunnel zu durchbrechen.

Von einer wahnsinnigen Kraft getrieben, rannte er, den Marqués zu suchen. Er stieß das Tor auf, ohne zu klopfen, und trat in das leere Haus, dessen Innenlicht dem auf der Straße glich, da die gekälkten Mauern im hellen Mondlicht durchsichtig zu sein schienen. Die Sauberkeit, die Ordnung der Möbel, die Blumen in den Beeten, alles war in dem verlassenen Haus vollkommen. Das Quietschen der Türangeln hatte die Hunde aufgeschreckt, doch Dulce Olivia brachte sie mit einem martialischen Befehl jäh zum Schweigen. Cayetano sah die Frau zwischen den grünen Schatten des Patios, schön und leuchtend, in dem Gewand einer Marquesa, das Haar mit heftig duftenden Kamelien geschmückt, und er hob die Hand, Daumen und Zeigefinger gekreuzt.

»Im Namen des Herrn, wer bist du?« fragte er.

»Eine unerlöste Seele«, sagte sie. »Und Sie?«

»Ich bin Cayetano Delaura«, sagte er, »und ich komme, um den Herrn Marqués auf Knien zu bitten, daß er mir einen Augenblick zuhört.«

Dulce Olivias Augen blitzten vor Wut.

»Der Herr Marqués will von einem Rüpel nichts hören«, sagte sie.

»Und wer sind Sie, um das mit solcher Bestimmtheit zu sagen?«

»Ich bin die Königin dieses Hauses«, sagte sie.

»Um der Liebe Gottes willen«, sagte Delaura. »Melden Sie dem Marqués, daß ich gekommen bin, um über seine Tochter zu sprechen.« Und ohne weitere Umschweife, die Hand auf dem Herzen, sagte er:

»Ich sterbe vor Liebe zu ihr.«

»Ein Wort mehr, und ich lasse die Hunde los«, sagte Dulce Olivia entrüstet und zeigte auf die Tür. »Raus hier.«

Die Kraft ihrer Autorität war so groß, daß Cayetano rückwärts aus dem Hause ging, um sie im Auge zu behalten.

Am Dienstag, als Abrenuncio in Delauras Kammer im Hospital kam, fand er einen von tödlich durchwachten Nächten zerstörten Mann vor. Der erzählte ihm alles, von den wahren Gründen für seine Bestrafung bis zu den Liebesnächten in der Zelle. Abrenuncio war verblüfft:

»Ich hätte mir alles mögliche bei Ihnen vorgestellt, aber nicht solche Gipfel des Wahnsinns.«

Cayetano, seinerseits erstaunt, fragte ihn:

»Haben Sie nie so etwas durchgemacht?«

»Nie, mein Sohn«, sagte Abrenuncio. »Der Sexus ist eine Gabe, und ich besitze sie nicht.«

Er versuchte, ihn davon abzubringen. Er sagte ihm, die Liebe sei ein Gefühl, das gegen die Natur verstoße, das zwei Unbekannte zu einer kleinlichen und ungesunden Abhängigkeit verurteile, die je kurzlebiger, desto intensiver sei. Aber Cayetano hörte ihn nicht. Er war von der Idee besessen zu flüchten, so weit weg wie möglich von der Unterdrückung durch die christliche Welt.

»Nur der Marqués kann uns mit dem Gesetz helfen«, sagte er. »Ich wollte ihn auf Knien darum anflehen, aber ich habe ihn nicht daheim angetroffen.«

»Sie werden ihn nie finden«, sagte Abrenuncio. »Es ist ihm zu Ohren gekommen, daß Sie versucht haben, das Mädchen zu mißbrauchen. Und ich sehe jetzt, daß er aus der Sicht eines Christen recht hat.« Er sah ihm in die Augen:

»Fürchten Sie nicht, sich zu verdammen?«

»Ich glaube, ich bin es schon, aber nicht vom Heiligen Geist«, sagte Delaura unbesorgt. »Ich habe schon immer geglaubt, daß der mehr auf die Liebe als auf den Glauben gibt.«

Abrenuncio konnte seine Bewunderung für diesen Mann nicht verbergen, der sich eben erst aus der Knechtschaft der Vernunft befreit hatte. Aber er machte ihm keine falschen Hoffnungen, schon weil man mit dem Heiligen Offizium zu rechnen hatte.

»Ihr habt eine Religion des Todes, die euch den Mut und die Seligkeit gibt, euch diesem zu stellen«, sagte er. »Ich nicht: Ich glaube, wesentlich ist allein, am Leben zu sein.«

Cayetano eilte zum Kloster. Er ging am hellichten Tage durch den Dienstboteneingang und durchquerte ohne jede Vorsichtsmaßnahme den Garten, davon überzeugt, daß er dank der Kraft des Gebets unsichtbar war. Er stieg in den zweiten Stock, ging durch einen einsamen Gang mit niedriger Decke, der die zwei Trakte des Klosters verband, und trat in die schweigsame und enge Welt der Lebendigbegrabenen. Ohne es zu wissen, war er an der Zelle vorbeigekommen, in der Sierva María nun um ihn weinte. Er hatte schon fast den Gefängnisbau erreicht, als ihn von hinten ein Schrei einholte:

»Halt!«

Er drehte sich um und sah eine Nonne mit verschleiertem Gesicht, die ihm ein Kruzifix entgegenhielt. Er machte einen Schritt vorwärts, doch die Nonne stellte ihm Christum in den Weg: »*Vade retro!*« schrie sie ihn an.

Hinter sich hörte er eine andere Stimme: »*Vade retro!*« Und dann noch eine und noch eine: »*Vade retro.*« Er drehte sich mehrmals um sich selbst und merkte, daß er in einem Kreis gespensterhafter Nonnen mit verschleierten Gesichtern stand, die ihn schreiend mit ihren Kruzifixen bedrohten:

»*Vade retro, Satana!*«

Cayetano war am Ende seiner Kräfte angelangt. Er wurde dem Heiliges Offizium überstellt und bei einer öffentlichen Gerichtsverhandlung abgeurteilt, die ihn der Ketzerei verdächtigte und Unruhe im Volk und Kontroversen im Schoß der Kirche auslöste. Dank einer besonderen Gnade konnte er die Strafe als Pfleger im Hospital Amor de Dios abbüßen, wo er viele Jahre in enger Gemeinschaft mit seinen Kranken lebte; er aß und schlief mit ihnen am Boden und wusch sich in ihren Becken, sogar mit schon gebrauchtem Wasser, aber sein eingestandenes Ziel, sich mit Lepra zu infizieren, erreichte er nicht.

Sierva María hatte vergeblich auf ihn gewartet. Nach drei Tagen verweigerte sie das Essen in einem Ausbruch von unkontrollierbarer Rebellion, welche die Anzeichen der Besessenheit noch verstärkte. Verstört von dem Fall Cayetanos, von dem nicht erklärbaren Tod Pater Aquinos, von der öffentlichen Resonanz auf ein Unglück, das sich seiner Weisheit und seiner Macht entzogen hatte, nahm der Bischof mit einer für seinen Zustand und sein Alter unvorstellbaren Energie die Exorzismen wieder auf. Sierva María, diesmal mit rasiertem Schädel und Zwangsjacke, trat ihm mit satanischer Wildheit entgegen und redete in den Sprachen oder mit dem Geschrei von Höllenvögeln. Am zweiten Tag war das ungeheure Brüllen wildgewordenen Viehs zu hören, die Erde bebte, und Zweifel daran, daß Sierva María im Dienste aller Dämonen der Unterwelt stand, waren nicht mehr möglich. Als sie wieder in der Zelle war, wurde ihr ein Einlauf mit Weihwasser verabreicht, die französische Methode, um die womöglich in den Gedärmen überdauernden Dämonen auszutreiben.

Der Kampf wurde drei Tage lang fortgesetzt. Obwohl sie seit einer Woche nichts mehr gegessen hatte, gelang es Sierva María, ein Bein frei zu bekommen und dem Bischof mit der Ferse einen Tritt in den Unterleib zu versetzen, der ihn zu Boden gehen ließ. Erst da wurde bemerkt, daß ihr Körper so abgemagert war, daß die Riemen ihn nicht mehr hielten und sie sich hatte herauswinden können.

Der Skandal ließ es angezeigt erscheinen, die Exorzismen zu unterbrechen, und der ekklesiastische Rat teilte diese Einschätzung, doch der Bischof war dagegen.

Sierva María erfuhr nie, was mit Cayetano Delaura geschehen war, warum er nie mehr kam mit seinem Körbchen voll Naschwerk von den Portalen und der Unersättlichkeit seiner Nächte. Am 29. Mai, ohne Kraft für mehr, träumte sie wieder von dem Fenster auf ein verschneites Feld, wo Cayetano Delaura nicht war und nie wieder sein würde. In ihrem Schoß lag eine Traube goldener Beeren, die, kaum gegessen, wieder nachwuchsen. Aber dieses Mal pflückte sie die Beeren nicht einzeln, sondern jeweils zwei, und atmete kaum vor Verlangen, der Traube auch noch die letzte Beere abzugewinnen. Die Wächterin, die hereinkam, um Sierva María für die sechste Exorzismussitzung vorzubereiten, fand sie auf dem Bett, vor Liebe gestorben, mit strahlenden Augen und der Haut einer Neugeborenen. Die Haarstümpfe stiegen wie Bläschen aus dem rasierten Schädel auf, und man sah sie wachsen.

Gabriel García Márquez
Frei sein und unabhängig

Journalistische Arbeiten 1974-1995

Gebunden

Gabriel García Márquez ist nicht nur ein großer Romancier, sondern auch ein bedeutender Journalist und Reporter. Brillant geschrieben und fundiert, belegen dies aufs Neue die vorliegenden Arbeiten, die sich wie eine bewegende Chronik einschneidender politischer und gesellschaftlicher Ereignisse der letzten fünfundzwanzig Jahre iesen.

»Der Virtuose des Konkreten« *Dieter E. Zimmer, Die Zeit*

Gabriel García Márquez im dtv

»Gabriel García Márquez zu lesen,
bedeutet Liebe auf den ersten Satz.«
Carlos Widmann in der ›Süddeutschen Zeitung‹

Laubsturm
Roman · dtv 1432

Der Herbst des Patriarchen
Roman · dtv 1537

Der Oberst hat niemand, der ihm schreibt
Roman · dtv 1601

Die böse Stunde
Roman · dtv 1717

Augen eines blauen Hundes
Erzählungen · dtv 10154

Hundert Jahre Einsamkeit
Roman · dtv 10249

Die Geiselnahme
dtv 10295

Das Leichenbegängnis der Großen Mama
Erzählungen · dtv 10880

Das Abenteuer des Miguel Littín
Illegal in Chile
dtv 12110

Die Erzählungen
dtv 12166

Die Liebe in den Zeiten der Cholera
Roman · dtv 12240

Von der Liebe und anderen Dämonen
Roman
dtv 12272 und
dtv großdruck 25133

Bericht eines Schiffbrüchigen
dtv 12884

Nachricht von einer Entführung
dtv 12897

Gioconda Belli im dtv

»Die große Poetin Nicaraguas, eine der wichtigsten Stimmen in der Literatur Lateinamerikas.«
Abendzeitung

Bewohnte Frau
Roman · dtv 11345

Die junge Architektin Lavinia führt in ihrer lateinamerikanischen Heimat das unbeschwerte Leben einer unabhängigen Frau aus der Oberschicht. Dann aber verliebt sie sich in Felipe, der mit der Untergrundbewegung des Landes zusammenarbeitet…

In der Farbe des Morgens
Gedichte · dtv 11565

Tochter des Vulkans
Roman · dtv 11678

Sofia fühlt sich in ihrer Ehe mit dem patriarchalischen René eingesperrt. Aber die rebellische Frau weiß sich zu wehren…

Zauber gegen die Kälte
Erotische Gedichte · dtv 12577

Waslala
Roman · dtv 12661

Faraguas, eine vergessene Welt am Amazonas. Mit dem amerikanischen Journalisten Raphael begibt sich die junge Melisandra auf eine von Leidenschaft und Abenteuern gezeichnete Reise ins Innere des Landes. Mit ihm will sie Waslala finden, den Ort der ewigen Träume…

Wenn du mich lieben willst
Gesammelte Gedichte
dtv 12722

Javier Marías im dtv

»…ich glaube, das ist einer der größten im Augenblick
lebenden Schriftsteller der Welt.«
Marcel Reich-Ranicki

Mein Herz so weiß
Roman · dtv 12507

»Ich liebe dich, ich würde alles für dich tun. Ich würde sogar für dich töten.« Soeben von der Hochzeitsreise zurückgekehrt, geht eine junge Frau ins Bad, knöpft sich die Bluse auf und schießt sich ins Herz… Die meisterhaft gewebte Auflösung eines unerklärlichen Selbstmords: ein raffiniert inszenierter Roman über Liebe, Ehe, Treue und Verrat.

Alle Seelen
Roman · dtv 12575

Als Gastdozent in Oxford beginnt ein junger Spanier eine Affäre mit der verheirateten Clare. Erst in der letzten gemeinsamen Nacht enthüllt sie ihr Geheimnis… Immer enger verknüpft Marías die Erzählfäden, immer rascher treibt er seine suggestive Sprache einem dramatischen Finale zu.

Morgen in der Schlacht denk an mich
Roman · dtv 12637

»Niemand denkt je daran, dass er jemals eine Tote in den Armen halten könnte.« Doch Marta stirbt. In Victors Armen. Den Armen eines Fremden. Der Ehemann auf Reisen, der kleine Sohn schlafend nebenan. Victor ist überfordert und flüchtet, doch bald muss er erkennen, dass nicht nur er vom Tod einer Frau verfolgt wird…

Als ich sterblich war
Erzählungen · dtv 12779

Subtil inszenierte Geschichten über die Untiefen und Abgründe menschlicher Existenz, ganz große Kunst eines an Hitchcock geschulten Erzählers.

Italo Calvino im dtv

»Calvino ist als Philosoph unter die Erzähler gegangen,
nur erzählt er nicht philosophisch, er philosophiert
erzählerisch, fast unmerklich.«
W. Martin Lüdke

Abenteuer eines Reisenden
Erzählungen · dtv 8484

Das Schloß, darin sich Schicksale kreuzen
Erzählung · dtv 10284

Die unsichtbaren Städte
Roman · dtv 10413

Wenn ein Reisender in einer Winternacht
Roman · dtv 10516 und dtv großdruck 25031

Der Baron auf den Bäumen
Roman · dtv 10578

Der geteilte Visconte
Roman · dtv 10664

Der Ritter, den es nicht gab
Roman · dtv 10742

Zuletzt kommt der Rabe
Erzählungen · dtv 11143

Unter der Jaguar-Sonne
Erzählungen · dtv 11325

Das Gedächtnis der Welten
dtv 11475

Auf den Spuren der Galaxien
dtv 11574

Die Mülltonne und andere Geschichten
dtv 12344

Die Braut, die von Luft lebte
und andere italienische Märchen
dtv 12505

Wo Spinnen ihre Nester bauen
Roman · dtv 12632

Eremit in Paris
Autobiographische Blätter
dtv 12723

Herr Palomar
dtv 12764

Marcovaldo oder Die Jahreszeiten in der Stadt
Der Tag eines Wahlhelfers
dtv 12775

Heikle Erinnerungen
Erzählungen
dtv 12840

Antonio Tabucchi im dtv

»Tabucchi läßt Reales und Imaginäres ineinanderfließen
und webt ein Gespinst von ›suspense‹,
in dem man sich beim Lesen gerne verfängt.«
Barbara von Becker in ›Die Zeit‹

Indisches Nachtstück
dtv 11952
Auf den Spuren eines Mannes, der auf geheimnisvolle Weise in Indien verschollen ist. Forscht der Autor nach seinem eigenen Ich oder nach einer wirklichen Person?

Der Rand des Horizonts
Roman · dtv 12302
In der Leichenhalle wird ein junger Mann eingeliefert, der bei einer Hausdurchsuchung erschossen wurde. Amateurdetektiv Spino will herausfinden, wer der Tote war …

Erklärt Pereira
Eine Zeugenaussage
dtv 12424
Pereira, ein in die Jahre gekommener, politisch uninteressierter Lokalreporter, gerät unversehens auf die Seite des Widerstandes gegen Salazar …

Kleine Mißverständnisse ohne Bedeutung
Erzählungen · dtv 12502

Lissabonner Requiem
Eine Halluzination
dtv 12614
Eine hinreißende Liebeserklärung an Lissabon, verfaßt von ihrem größten Bewunderer.

Der verschwundene Kopf des Damasceno Monteiro
Roman · dtv 12671
In einem Gebüsch findet man die Leiche eines jungen Mannes – ohne Kopf. Reporter Firmino wird nach Porto geschickt, um das Verbrechen aufzuklären …

Träume von Träumen
Erzählungen
dtv 12806
Was träumt ein Dichter, wenn er die Träume anderer träumt? Tabucchi erfindet für seine Lieblinge aus Musik, Literatur und Geschichte die entsprechenden Traumgebilde.

Das Umkehrspiel
Erzählungen
dtv 12851

Umberto Eco im dtv

»Dass Umberto Eco ein Phänomen ersten Ranges ist,
braucht man nicht mehr eigens zu betonen.«
Willi Winkler

Der Name der Rose
Roman
dtv 10551
Dass er in den Mauern der prächtigen Benediktinerabtei das Echo eines verschollenen Lachens hören würde, damit hat der Franziskanermönch William von Baskerville nicht gerechnet. Zusammen mit Adson von Melk, seinem jugendlichen Adlatus, ist er in einer höchst delikaten Mission unterwegs …

Nachschrift zum ›Namen der Rose‹
dtv 10552

Über Gott und die Welt
Essays und Glossen
dtv 10825

Über Spiegel und andere Phänomene
dtv 11319

Das Foucaultsche Pendel
Roman
dtv 11581
Drei Verlagslektoren stoßen auf ein geheimnisvolles Tempelritter-Dokument aus dem 14. Jahrhundert. Die Spötter stürzen sich in das gigantische Labyrinth der Geheimlehren und entwerfen selbst einen Weltverschwörungsplan. Doch da ist jemand, der sie ernst nimmt …

Platon im Striptease-Lokal
Parodien und Travestien
dtv 11759

Wie man mit einem Lachs verreist
und andere nützliche Ratschläge
dtv 12039

Im Wald der Fiktionen
Sechs Streifzüge durch die Literatur
dtv 12287

Die Insel des vorigen Tages
Roman · dtv 12335
Ein spannender historischer Roman, der das Zeitalter der großen Entdeckungsreisen in seiner ganzen Fülle erfasst.

Vier moralische Schriften
dtv 12713

T. C. Boyle im dtv

»Aus dem Leben gegriffen und trotzdem unglaublich.«
Barbara Sichtermann

World's End
Roman · dtv 11666
Ein fulminanter Generationenroman um Walter Van Brunt, seine Freunde und seine holländischen Vorfahren, die sich im 17. Jahrhundert im Tal des Hudson niederließen.

Greasy Lake und andere Geschichten
dtv 11771
Von bösen Buben und politisch nicht einwandfreien Liebesaffären, von Walen und Leihmüttern…

Grün ist die Hoffnung
Roman · dtv 11826
Drei schräge Typen wollen in den Bergen nördlich von San Francisco Marihuana anbauen, um endlich ans große Geld zu kommen.

Wenn der Fluß voll Whisky wär
Erzählungen · dtv 11903
Der Zusammenstoß zweier Welten in den USA – der Guerillakrieg zwischen Arm und Reich hat begonnen.

Willkommen in Wellville
Roman · dtv 11998
1907, Battle Creek, Michigan. Im Sanatorium des Dr. Kellogg lässt sich die Oberschicht der USA mit vegetarischer Kost von ihren Zipperlein heilen. Eine Komödie des Herzens und anderer Organe.

Der Samurai von Savannah
Roman · dtv 12009
Ein japanischer Matrose springt vor der Küste Georgias von Bord seines Frachters. Er ahnt nicht, was ihm in Amerika blüht…

Tod durch Ertrinken
Erzählungen · dtv 12329
Wilde, absurde Geschichten mit schwarzem Humor.

América
Roman · dtv 12519

Riven Rock
Roman · dtv 12784
Eine bizarre und anrührende Liebesgeschichte.

Henning Mankell im dtv

»Mankell liest man nicht, man trinkt ihn – in einem einzigen Schluck, ohne abzusetzen, in blinder, weltvergessener Gier.«
Jürgen Seeger im Bayerischen Rundfunk

Mörder ohne Gesicht
Roman · dtv 20232
Wallanders erster Fall
Ein altes Bauernpaar ist auf seinem Hof in der Nähe von Ystad brutal ermordet worden. Das Motiv der Tat liegt völlig im Dunkeln – Kommissar Wallander ermittelt.

Hunde von Riga
Roman · dtv 20294
Wallanders zweiter Fall
Die Ermittlungen führen Kommissar Wallander diesmal nach Osteuropa. Immer tiefer gerät er hinein in ein gefährliches Netz unsichtbarer Mächte, in dem er nicht nur seinen Glauben an die Gerechtigkeit verliert, sondern fast noch sein Leben läßt.

Die weiße Löwin
Roman · dtv 20150
Wallanders dritter Fall
Kommissar Wallander steht vor einem der kompliziertesten Fälle seiner Karriere. Alles beginnt mit dem spurlosen Verschwinden einer Immobilienmaklerin – doch schon bald ist klar: hier geht es um ein teuflisches Komplott von internationalen Dimensionen.

Die falsche Fährte
Roman · dtv 20420
Wallanders fünfter Fall
Der Selbstmord eines jungen Mädchens ist nur der Auftakt zu einer dramatischen Jagd nach einem Serienkiller.

Die fünfte Frau
Roman · dtv 20366
Wallanders sechster Fall
Die Opfer dieser besonders grausamen Mordserie waren allesamt harmlose Bürger. Warum verfolgt der Mörder seine Opfer mit so brutaler Gewalt?

Günter Grass im dtv

»Günter Grass ist der originellste und
vielseitigste lebende Autor.«
John Irving

Die Blechtrommel
Roman · dtv 11821

Katz und Maus
Eine Novelle · dtv 11822

Hundejahre
Roman · dtv 11823

Der Butt
Roman · dtv 11824

Ein Schnäppchen namens DDR
dtv 11825

Unkenrufe
dtv 11846

Angestiftet, Partei zu ergreifen
dtv 11938

Das Treffen in Telgte
dtv 11988

Die Deutschen und ihre Dichter
dtv 12027

örtlich betäubt
Roman · dtv 12069

Ach Butt, dein Märchen geht böse aus
dtv 12148

Der Schriftsteller als Zeitgenosse
dtv 12296

Der Autor als fragwürdiger Zeuge
dtv 12446

Ein weites Feld
Roman · dtv 12447

Die Rättin
dtv 12528

Aus dem Tagebuch einer Schnecke
dtv 12593

Kopfgeburten
dtv 12594

Gedichte und Kurzprosa
dtv 12687

Mit Sophie in die Pilze gegangen
dtv 12688

Volker Neuhaus
**Schreiben gegen die verstreichende Zeit
Zu Leben und Werk von Günter Grass**
dtv 12445